日雇い浪人生活録㊂

金の策謀

上田秀人

時代小説文庫

角川春樹事務所

目次

第一章　それぞれの策　9
第二章　恩と奉公　69
第三章　伸びる手　131
第四章　叶わぬ夢　190
第五章　返された手　254

表デザイン　五十嵐　徹
（芦澤泰偉事務所）

日雇い浪人生活録㈢

金の策謀

江戸のお金の豆知識③

江戸人の買い食い価格例

江戸の町では、火を比較的安全に持ち運べる七輪が普及した。それにより、天明以降、煮売りや振り売り、屋台の辻売りなどの食べ物商売が発展した。

蕎麦　かけ1杯 16文

とくに江戸で繁盛し、二八蕎麦と呼ばれた。名の由来は「2×8（にはち）＝16文だから」「蕎麦粉8:うどん粉2の割合」などの説がある。

鰻の蒲焼　1串 16文

江戸中期ごろより蒲焼が登場。店で食べる蒲焼は200文程度と高価でも、辻売りは串焼きでかなり割安。鰻と白米を組み合わせた食べ方は、1830年以降に発展。

すし　1貫 4〜8文

江戸時代前半のすしは室町以来の「なれずし」。田沼時代にはまだにぎりずしや海苔巻きはなく、1820年ごろから発展した。

奈良茶漬　40〜70文

上方の茶飯の出し方をまねて、茶飯に豆腐汁、煮豆、煮しめを添えた、いわゆる一膳めし。金竜山浅草寺の門前町の茶店で出し始めた。この料理が、江戸の一膳めし屋の始まりとされる。

串団子　1串 4文

宝暦・明和（1751−71）のころには、1串5文、団子の数は5つであったものが、明和5年に真鍮製の四文銭が鋳造・流通された影響で、1串4文、数は4つになったといわれる。

お茶　1杯 6〜15文

葦簀などを立てかけた掛茶屋などで、休憩しながら茶を飲んだ。寺社の参拝人相手の水茶屋では麦湯は4文、茶は6文というところが多かった。

冷水売り　1杯 4〜6文

夏に売られたが、氷で冷やした冷水というわけではなく、水に白玉や砂糖を入れたものであった。

※ここで挙げた物価は、江戸後期（享保以降）の事例から目安として示したものであり、時期、品質などにより価格は異なりました。また、同じ資料から事例を拾うのは困難であるため、複数の資料を参考にしました。

主な登場人物

諫山左馬介《いさやまさまのすけ》……親の代からの浪人。日雇い仕事で生計を立てていたが、分銅屋仁左衛門に真面目で機転もきく仕事ぶりを買われ、月極で用心棒として雇われた。甲州流軍扇術を用いる。

分銅屋仁左衛門《ふんどうやにざえもん》……浅草に店を開く江戸屈指の両替屋。夜逃げした隣家（金貸し）に残された帳面を手に入れたのを機に、田沼意次の改革に力を貸すこととなる。

喜代《きよ》……分銅屋仁左衛門の身の回りの世話をする女中。少々年増だが、美人。

加賀屋《かがや》……神田駿河町の札差。江戸でも指折りの金満家。地回りの久吉《ひさきち》らを使い、分銅屋の手中にある帳面を狙っている。

徳川家重《とくがわいえしげ》……徳川幕府第九代将軍。英邁ながら、言葉を発する能力に障害があり、側用人大岡出雲守忠光を通訳がわりとする。

田沼意次《たぬまおきつぐ》……亡き大御所・吉宗より、「幕政のすべてを米から金に移行せよ」と経済大改革を遺命された。実現のための権力を約束され、お側御用取次に。

お庭番……意次の行う改革を手助けするよう吉宗の命を受けた隠密四人組。明楽《あけら》飛騨《ひだ》、木村和泉《いずみ》、馬場大隅《おおすみ》と、紅一点の村垣《むらがき》伊勢《いせ》。

第一章　それぞれの策

一

目付はその任の性格上、目付部屋に座しているより、出かけていることのほうが多い。当番目付以外は、朝の顔見せが過ぎると城内各所へと散っていく。

上司はおろか同僚でさえ摘発するのが目付である。誰がどこへ行き、なにを調べているかなど、同じ目付にも明らかにはされない。

「では、出かけて参る」

「見回ってこよう」

毎日、目付部屋へ出務しなくても問題はなく、役目のためとあれば何日姿を見せなくともよいが、あまり顔を出さない日が多いと怠けているのではないかという疑いを持たれかねない。

そうなれば、同僚から査察の手が入ってくる。痛くもない腹を探られてもどうというわけではないが、柄のないところに柄をつけるのが目付でもある。なにせ目付は少しでも手柄を立てて、出世の役に立てたいと考えている連中の集まりなのだ。隙を見せるのは嫌がる。

無意味で無駄手間でしかない朝の顔合わせではあるが、ほとんどの目付が参加していた。

「芳賀《はが》氏《うじ》」

「うむ。坂田《さかた》氏。あちらに」

目付部屋を出た二人が顔を見合わせた。

将軍の居城江戸城は、天下第一の規模を誇る。表御殿も広大で、部屋数も多い。普段使われておらず、人の出入りもない座敷が、あちらこちらにあった。

二人は目付部屋から少し離れた空き部屋へ入った。

「田沼主殿頭《たぬまとのものかみ》の手下となった両替商の分銅屋《ふんどうや》仁左衛門《にざえもん》でござるが……」

「なにかわかりましたかの」

盗み聞きを避けるには、部屋の奥、壁際で話をするのが無難である。二人は、出入りの襖《ふすま》からもっとも遠いところで話を始めた。

「最近、隣接していた貸し方屋を店ごと買い取ったらしく」

「貸し方屋か。旗本へ金を貸す商いでござったな」

目付は身ぎれいでなければ、就任できなかった。監察が借金まみれなど、他への示しが付かなくなる。

「利子が高いのでござろう、貸し方屋は」

坂田が難しい顔をした。

「あいにく、札差《ふださし》以外に借財はござらぬゆえな、わかりかねる」

芳賀が首を横に振った。

いかに清廉潔白な生活を送っていても、物価と禄《ろく》が釣り合わなければ、赤字になる。目付といえども札差からの借財はあった。

ただ、札差からの借財は、禄米《ろくまい》を担保としていることから、金を借りているのではなく、来年の禄を前渡ししているとされていた。

そうしないと、目付や徒目付《かち》になれる人材がいないのだ。

「その貸し方屋は」

店を買われては商いはやっていけなくなる。

「潰れたのだとか」

「……潰れた。貸し方屋が」

訊《き》いた芳賀が目を鋭くした。

「貸し方屋は旗本専門というか、武家を相手にした金貸しでござる。それが潰れるのは妙でござるな」

金貸しといえども潰れるときは潰れる。貸した客が夜逃げすれば、貸し金の回収はできなくなる。それが増えれば、当然赤字になり、店は潰れた。

もちろん、そうならないよう金貸しは逃げられても大丈夫なように担保を取る。だが、その担保にも思惑外れなどで、貸し金以下の値段しかつかないときもある。それに金を借りに来た者にだまされるときもある。

しかし、武家相手の貸し方屋はまず潰れなかった。

第一に顧客が、逃げ隠れできない身分の武家である。大名の家臣ならば、江戸詰めから国元への異動はあるが、それで借財を踏み倒すわけにはいかなかった。

「ご当家の何々さまに、これだけのお金を融通いたしておりますがご返済なく、お国元へお帰りなされてしまいまして」

証文を持って江戸の藩邸を訪ねれば埒《らち》があいた。

「そのようなものは知らぬ。国元まで取りに行け」

こう言い返す質《たち》の悪い大名家もあるが、

「では、評定所《ひょうじょうしょ》へお願いにあがりましょう」

こう言えば、大概が折れた。

「わかった。立て替えよう」

評定所は幕府における武家の断罪場であり、ここに訴状が出されただけで大きく名前に傷が付いた。とくに藩主が寺社奉行だ、若年寄だ、はては老中だと出世を望むならば、評定所はまずい。

そうでなくとも、老中や大目付あたりから、藩主が呼び出されて、

「借りたものは返さねばなるまい。武士は庶民の手本たらねばならぬ」

注意を受ければ大恥であった。いや、下手《へた》をするとそれをきっかけに、転封《てんぽう》やお手伝い普請《ぶしん》を命じられかねなかった。

「気になるの」

「調べるか」

芳賀と坂田の意見が合致した。

「徒目付の手配は、拙者がいたそう」

「貸し方屋は勘定奉行の管轄であったな。勘定所へはわたくしが参ろう」

二人が分担を決めた。

両替商分銅屋仁左衛門の用心棒を引き受けた諫山《いさやま》左馬介《まのすけ》は、宿直番《とのいばん》をすませ、朝餉《あさげ》をもらってから自宅である長屋へ戻り、そこで昼前まで就寝して、また店へ戻るという日常を繰り返していた。

「馳走《ちそう》であった」

分銅屋の台所で、昼餉がわりの握り飯を三つ腹に収めた左馬介が、用意してくれた女中の喜代《きよ》に礼を言った。

「お粗末さまでした」

喜代がさっさと皿を片付けた。

「諫山さま」

「なにを運べばいい」

声をかけられた左馬介は、すぐに応じた。

用心棒とはいえ、賊が来なければ遊んでいていいではすまなかった。日雇いの浪人にとって雇用主はもちろんだが、その屋の奉公人などの機嫌取りも大事であった。

「あの浪人に、お尻を撫《な》でられました」

などと主《あるじ》に告げ口されたら、その場で首になる。

商家というのは、風紀にかなりうるさい。奉公人同士の恋愛は御法度《ごはっと》のところが多い。これは男や女にうつつを抜かして、仕事がおろそかになったり、金に手出しをしたりされては困るからだが、素性の怪しい浪人となれば、より厳しくなるのは当然であった。

「水瓶《みずがめ》の掃除をしたいので、中身を捨ててもらえますか」

喜代が左馬介に求めた。

「承知いたした」

いちいち使うたびに井戸へ行っていては台所仕事は大変になる。そこで台所に水を汲《く》んでためておく瓶がいくつか置かれていた。

水漏れがしないよう、少々の衝撃で割れないようにと分厚く焼き締められた水瓶はかなり重い。そこに水が残っていれば、まず女の力ではどうしようもなくなる。かといって水はしばらくすると傷む。水瓶の底に水垢《みずあか》も付く。

それらをときどき掃除してやらなければ、腹下しが出た。

「……くおっ」

思ったよりも重い水瓶に、左馬介はうめいた。

「こ、腰が」

「年寄り臭いことを言わないでくださいな」

左馬介が持ち出した水瓶を洗いながら喜代が笑った。

「もう三十路《みそじ》を過ぎておるのだ。若い喜代どのと一緒にせんでくれ」

腰を叩《たた》きながら左馬介が苦笑した。

「女に歳《とし》の話は禁句でございますよ」

喜代がたしなめた。

「いや、すまん」

女を怒らせてはろくなことにならない。あっさりと左馬介は白旗を揚げた。

「……まったく」

微妙な顔をしながら、喜代が束子《たわし》で瓶をこすった。

「諫山さま。こちらでしたか」

分銅屋仁左衛門が台所へ顔を出した。

「昼餉をいただいておった」

手伝っていたとは言わず、左馬介が応じた。手が空いていたからといって、用心棒を雑用に使ったとなれば、喜代が叱られかねなかった。

「ご苦労さまでございまする」

しっかり状況を分銅屋仁左衛門は把握していた。

「ちょっと出かけたいので、ご一緒願えますか」

「うむ」

諸肌脱《もろはだ》ぎにしていた衣服を左馬介は整えた。

「どちらへ行かれるのか」

左馬介は雪駄《せった》を履きながら問うた。

「あれから十日目でございましょう」

歩きながら分銅屋仁左衛門が言った。

「勘定吟味役の千種《ちぐさ》どのとの話かの」

その場に立ち会ってはいなかったが、千種屋敷まで同道し、その帰途いろいろと聞かされている。左馬介はすぐに理解した。

「さようで。廃業したというか夜逃げした貸し方屋の駿河屋《するがや》から借りたままになっている金をどうするかというお返事の期限が本日で」

分銅屋仁左衛門がうなずいた。

「返事が来るのだろう。出歩いてよいのか」

左馬介が首をかしげた。

「刻限を決めておりましたでしょう。八つ（午後二時ごろ）との決めまでお待ちしましたが、お見えでない」

交渉に屋敷まで行ったのだから、返事は店で受け取ると分銅屋仁左衛門は勘定吟味役千種忠常《ただつね》に要求していた。

「もう来ないとお考えか」

「まず、来ませんな。もし来るようならば、手強《てごわ》い相手でございましたが……」

訊いた左馬介に、分銅屋仁左衛門が鼻を鳴らした。

「来なければ、駿河屋の帳面を評定所に差し出すのだろう」

そう言って千種を脅したと分銅屋仁左衛門から左馬介は聞いている。

「商売の大事な武器でございますよ、あの帳面は。千種さまの他にも、たくさんのお旗本さまが載ってます。千種さまを落とすためにあの帳面を評定所へ差し出して、返ってくるとでも」

「返さぬだろうな、御上《おかみ》は。旗本たちの借財をうやむやにできるのだ」

左馬介は納得した。

「脅しは、実力行使に出たら、効力を失います。脅しは言葉だけに限るのが上策でございますよ」

小さく分銅屋仁左衛門が口の端をゆがめた。

「…………」

商売人の恐ろしさを思い知らされた左馬介が、黙った。

「さて、どこへ行きましょうかね」

「えっ……」

辻《つじ》に立って、左右を交互に見ている分銅屋仁左衛門に、左馬介が唖然《あぜん》とした。

「目的は決まっているのだろう」

「はい。目的は決まっておりますよ」

言われた分銅屋仁左衛門が認めた。

「ならば、そこへ向かえば……」

「暇つぶしのための外出ですからね」

言いかけた左馬介を分銅屋仁左衛門が遮って告げた。

「はあ」

思わぬ答えに左馬介は啞然とした。

「わかりませんか」

楽しそうに分銅屋仁左衛門が笑った。

「先日も申しましたでしょう。御上のお役人がやることなんぞ、決まっておりますよ。金と口で勝てぬなら……」

「権力を振りかざしてくるというわけか」

左馬介はため息を吐《つ》いた。

「はい。おそらく両替商の適正さを確かめるとして、勘定方の下役あたりが店に来るでしょう。吉事は午前中、凶事は午後からと決まっておりますし、約束の刻限までに役人が参っては裏にいると言うも同然。店に小役人が来るなら、今からでしょうよ」

分銅屋仁左衛門が推測した。

「いなくてよいのか」

幕府の役人が来たときに、主が留守ではまずいだろうと左馬介が気を遣った。

「いないほうがよいから、出てきたのでございますよ」

分銅屋仁左衛門が鼻先で笑った。

「わたくしがいれば、店の蔵も帳面も全部役人に見せなければなりませんでしょう」

言いながら、分銅屋仁左衛門が懐から蔵の鍵と帳面を出した。

「おい、蔵の鍵がなければ、両替できぬのではないのか」

思わず左馬介は雇い主への口調を忘れた。

「役人が来ているのに、のんびり商いなんぞさせてもらえませんよ。最初に、店は閉めさせられます」

「……ああ」

聞いた左馬介は納得した。

「つまり、今の目的は役人に無駄足を踏ませてやるための、まあ、散歩ですな」

「よいのか」

役人に喧嘩《けんか》を売っても大丈夫かと、左馬介は懸念《けねん》を口にした。

「向こうにとっても、わたくしがいないのが最良なんでございますよ」

分銅屋仁左衛門が続けた。

「勘定所のお役人というのは、商人と密接にかかわっておりますのでな。そのお役人が、両替商へ嫌がらせをする。悪い噂《うわさ》があるというならまだしも、うちはまともな商いを何代にもわたって重ねてきた老舗《しにせ》でございますよ。そこへいきなりお調べが入る。

あきらかに裏の意図があるとわかりましょう」

「ふむ」

「当然、他の店も警戒いたします。わたくしどもの店へ向けられた切っ先が、いつ己に向けられるかわかりませんから必死で探ります。そうすれば、すぐに事情は知れまする。まあ、わたくしが流すのでございますが……借金を踏み倒そうとした勘定吟味役の指示で、勘定所が嫌がらせをしたとなれば、どうなりましょう。少なくともわたくしの店へ来た役人は、干されますな」

「干す……」

「ああ、賄《まいない》をもらえなくなるということでございますよ。勘定衆は百俵から二百俵ていどの御家人《ごけにん》方ばかり。激務の割に収入が少ない。それでも皆様必死にお働きになるのは、出世がしやすいというのと、手心を加えて欲しい商家からの金があるからで」

わかりやすいように分銅屋仁左衛門は賄という言葉を使った。

「幕府の金を司《つかさど》る勘定衆が、商家から嫌われる。商家にはいろいろな伝手《つて》がございますでな。勘定奉行さまと膝詰めで談判できる商人は何人もいます。そこから話が回れば……商家へ出向いた者は痛い目に遭いましょう」

商家と役人はつながっている。分銅屋仁左衛門が述べた。

「勘定吟味役の指示に勘定衆は従わねばなりません。勘定奉行でさえ勘定吟味役は止められませぬ。命じられれば行かねばならぬ。そして行けば役目を果たさねばなりません。役目を果たせば身は破滅する。ならば、果たせなければ問題はありませんでしょう」

「なんというか」

得意げな分銅屋仁左衛門に左馬介は感心した。

「いつまで散歩するのかの」

あてがないとわかれば、次はいつまでが気になる。左馬介が尋ねた。

「お役人は日が暮れる前にお役所へ戻っていなければなりませんからね。暗くなってから店に戻ることになりますな」

分銅屋仁左衛門が答えた。

「まだ二刻（約四時間）はあるぞ」

無意味にうろつくとなれば、二刻は厳しい。左馬介はげんなりした。

「そうでございますな」

顎に手を当てて分銅屋仁左衛門が考えた。

「嫌がらせを返しに行かぬか」

「……千種さまのお屋敷へでございますか」

「やり返してもよかろう」

左馬介が提案した。

「それもいいですがね」

分銅屋仁左衛門が、首を横に振った。

「なにも反応しないほうが、かえって相手を悩ませるのでございますよ」

にやりと分銅屋仁左衛門が笑った。

二

お側《そば》御《ご》用取次《ようとりつぎ》の田《た》沼主殿頭意次《ぬまとのものかみおきつぐ》は、意外な者の訪問を受けていた。

「お忙しいところ、お目通りを賜りまして深く感謝をいたしております る」

田沼意次の前で手を突いたのは、札差の加賀屋《かがや》であった。

「名の知れた札差の加賀屋が、吾《われ》に何用かの」

無駄話をしている暇はないと、田沼意次が加賀屋を促した。

「主殿頭さまにおかれましては、度重なるご出世、まことにおめでたいことと存じあげまする」

田沼意次の言葉を無視して、加賀屋が前口上を続けた。

「これは形ばかりのお祝いでございまする」

加賀屋が懐から袱紗《ふくさ》包みを出した。

「なんだそれは」

袱紗包みへ田沼意次が目をやった。

「腐らぬものでございまする」

にやりと加賀屋が笑った。

「なるほどの、腐らぬものか。では、遠慮なくもらっておこう」

「はい」

うれしそうに加賀屋が笑った。

「で、今日はあいさつだけか」

田沼意次が袱紗包みを部屋の隅に控えている小姓へ預けながら訊いた。

「……いえ、少しお願いいたしたいことがございまして」

小姓が部屋を出て行くのを待ってから、加賀屋が口を開いた。

「頼みか。できることとできぬことがあるぞ」

「それは重々承知いたしておりまする」

加賀屋が田沼意次の制限を認めた。

「では、話を聞こう」

願いは目上が口にしていいと許可するまで言えないのが決まりであった。

「畏《おそ》れながら、田沼主殿頭さまにお願いをいたしまする。両替商分銅屋とのおつきあいをお断ちくださいますよう。代わりと申してはなんでございますが、差し上げたお祝いと同額を毎年持参いたしまする」

加賀屋が分銅屋仁左衛門とのつきあいを止《や》めてくれと願った。

「吾と分銅屋になんのかかわりが」

田沼意次が尋ねた。

「何度もおみ足をお運びになっておられましょう」

「両替を頼みに行くのだ。不思議ではなかろう。客と商売人じゃ。なんの問題もないと思うがの」

知っているぞと言った加賀屋へ、田沼意次が首をかしげた。

「では、分銅屋とはなんのかかわりもないと」

「ないとは言っておらぬ。客じゃ」

言質《げんち》を取ろうとする加賀屋に、田沼意次が首を横に振った。

「分銅屋の客をお止めいただきますよう」

「できぬ相談であったな」

あっさりと田沼意次が拒否した。

「なぜでございますか。たかが両替屋ではございませぬか。両替商に御用があると仰せならば、わたくしが分銅屋など相手にならぬほどの大店《おおだな》をご紹介申し上げまする」

理由を加賀屋が尋ねた。

「分銅屋でなくば、吾《わ》が用は果たせぬからじゃ」

「それはどのような御用でございましょう。わたくしではかないませぬか」

分銅屋仁左衛門でなければならないと言った田沼意次に加賀屋が食い下がった。

「悪いが、おぬしではできぬ用じゃ」

「内容をお教えくださいませ」

「言えぬ」

田沼意次が首を横に振った。

「金ならば、もっとお出しできまする」

加賀屋が申し出た。

「金の問題ではない。いや、金の問題なのだがな……それ以上は申せぬ」

だめだと田沼意次が手を振った。

「どうしても」

「残念だがの」

念を押す加賀屋に、田沼意次が首肯した。

「ご老中さまに……」

老中とも親しいと匂わせ加賀屋が脅しをかけた。

「大岡出雲守《おおおかいずものかみ》をどうやって落とす」

お側御用取次を罷免《ひめん》するには、将軍の許可が要《い》る。大岡出雲守忠光《ただみつ》としか意思疎通のできない九代将軍家重《いえしげ》を納得させられなければ、老中といえども田沼意次に手出しはできなかった。

「どうあっても」

「くどいぞ」

田沼意次があきれた。

「わかりましてございまする。まことに惜しゅうございますが、二度とお目にかかることはございますまい」

加賀屋が決別を宣言した。

「そうか。健勝でおれ」

平然と田沼意次が流した。

「では、ご無礼をつかまつりました」

一礼して加賀屋が席を立った。

「ああ、加賀屋」

背中を向けた加賀屋に、田沼意次が声をかけた。

「なにか」

立ったままで加賀屋が振り向いた。格上の者への礼儀としてはなっていない。それを平然とすることで、加賀屋は田沼意次と敵対すると見せつけた。

「これは祝いへの返礼だ。分銅屋への手出しはするな。店が惜しければの」

「…………」

田沼意次の警告に無言で一礼して、加賀屋は去っていった。

「あまり賢そうではない加賀屋のことだ。余の忠告を受け入れるどころか、反発するであろう」

一人になった田沼意次がつぶやいた。

「武家が札差をそこまで増長させてしまった。金を借りた相手に頭が上がらぬのは当たり前。そして貸した者は、借りた者を馬鹿にする。商人から武家への崇敬の念が薄れた。身分を守る。これは秩序維持の第一義である。それが崩れ出した。このままいけば、天下は乱れ、それを抑える力を失った幕府は倒れる。大御所さまが危惧《きぐ》されておられたのはこのことだ」

田沼意次が難しい顔をした。

「旗本のほとんどを札差は押さえている。大名のなかにも加賀屋から金を借りている者は多い。それらを敵にしながら、米から金への移行をさせる。余一代の間になせるだろうか。大御所さまでさえ、無理であったのに……」

田沼意次がため息を吐いた。

田沼の屋敷を出た加賀屋は足音も荒く、帰途を急いでいた。

「金だけ受け取って、わたしの言うことを聞かぬなど……」

加賀屋は無駄金を遣ったことに憤っていた。

「しかも二両や三両じゃないんだ。切り餅二つだよ。五十両稼ぐには、どれだけの手間がかかると思っているんだ。これだから、金の苦労を知らない侍はだめなんだ」

「旦那さま。お声がいささか大きいかと」

供として付いてきていた手代が、おずおずとしながら注意した。

「ふん。この加賀屋を咎《とが》められる者なんぞ、江戸にいやしないよ。町奉行所の連中は全部、わたしの言うままだ」

怒りに任せて加賀屋は放言した。

「まったく、これだから紀州《きしゆう》の田舎猿《いなかざる》は困る」

紀州の田舎猿とは、八代将軍吉宗《よしむね》によって御三家の紀伊《きい》徳川から旗本になった者たちのことを言った。

「紀州藩の米は大坂で扱われ、江戸の札差はかかわっていない」

領地で穫《と》れた米は、換金のため江戸や大坂、福岡などに運ばれた。となれば紀伊徳川家は隣接する大坂で米を換金する。船で運べば堂島《どうじま》の米蔵まで一日かからない。

つまり、田沼意次は今まで江戸の札差との縁が薄かった。

「その猿が旗本になったゆえ、ようやく我ら札差に米を預けるようになったが……金を借りるところまでは来ていない」

吉宗が将軍になったお陰で旗本になれた田沼意次たちも札差を利用している。が、出世したばかりで金に余裕があるために、まだ札差から借金をするところまでいってはいなかった。

「米を売って手数料をもらっているこちらが恩を感じなきゃいけない状態だからな。紀州猿が大きな態度をとる」

吐き捨てるように加賀屋が田沼意次を罵《ののし》った。

「わかっているけどこのままじゃ、辛抱できないねえ。まったく武士というのは言うことを聞かない」

加賀屋が不意に行く先を変えた。

「旦那、店はそちらではございませんが」

手代が慌てた。

「黙って付いてきなさい」

しかりつけるように加賀屋に言われた手代は従うしかなかった。

「へい」

手代がうなずいた。

三

役人というのは、融通が利かない。いや、利かせてはならなかった。決められた手順を踏まないかぎり、役人はその権を行使してはならないのだ。もし、この歯止めがなくなったら、天下の政《まつりごと》は恣意《しい》で動くことになる。

「分銅屋仁左衛門が留守だからといって、なにもせずに戻って来たと言うのか」

分銅屋を査察に訪れた勘定方の報告を受けた勘定吟味役千種忠常があきれた。

「なにぶん、分銅屋仁左衛門がおりませんでしたので」

勘定方の一人が答えた。

「おらねども、帳面くらいは押収できたであろうが」

「あいにく帳面も分銅屋仁左衛門が持ち出しておりまして」

もう一人の勘定方が告げた。

「おかしいと思わなかったのか。どこに、店の大事な帳面を持ち歩く主がおる」

帳面は商家にとって、なにより貴重なものであった。

小判を銭に、分金《ぶきん》を小判に替えるときの手数料を主とする両替商は、現金の遣《や》り取りになるのでそれほどではないが、売り掛けを商売の基本としている他の商家では、誰になにをいくらで掛け売りしたかがわからないと締めでの請求ができなくなる。財布を落としても帳面はなくせないのが商家であった。

「と仰せられましても、事実そうでございましたので」

勘定方が反発した。

「……では、蔵のなかの金を確かめるくらいはしてきたのだろうな」

千種忠常が問うた。

「いいえ。蔵の鍵も持ち出しておりましたので、開けることができませず」

「馬鹿を申すな。落とすあるいは盗《と》られるようなことになれば大事になるのだぞ。その蔵の鍵を……」

そこまで口にしたところで、千種忠常が唖然とした。

「まさか、分銅屋は儂の打つ手を読んでいたのか」

「いかがなさいました、千種どの」

呆然《ぼうぜん》とした千種忠常に、勘定方が尋ねた。

「な、なんでもないわ」

あわてて千種忠常が平静を装った。

「であれば、これにて報告は終えまする」

「待て。次はいつ分銅屋へ行くのだ」

腰を上げかけた勘定方に、千種忠常が訊いた。

「もう一度行けと」

「当然であろう。なにもわかっておらぬのだ。調査を続けるべきだ」

首をかしげた勘定方に、千種忠常が述べた。

「そもそも、何の疑いがあって分銅屋を調べろとのご指示でございましょう。理由を明確にお願いいたしたく」

一回は上司の機嫌取りだからと従ったが、忙しい最中に二度は嫌だと言外に勘定方が告げた。

「それは……そうじゃ、決められた手数料以上の金を取っておるのではないかという疑いがある」

千種忠常が理由を口にした。

「訴えがござったのでござるな」

勘定方が確認した。

「そうじゃ」

「勘定所には参っておりませぬ」

問うた勘定方とは違う勘定方が首を横に振った。

「……わ、儂のところに直接じゃ」

「吟味役さまのもとへ、訴人《そにん》が」

「お手続きはなされておられましょうな」

二人の勘定方が尋ねた。

「………」

千種忠常が沈黙した。

勘定方は江戸城内でもっとも多忙である。また、扱うものが、現物ではないとはいえ、金なのだ。当然、その行動はすべて書付で管理されている。

勘定吟味役とはいえ、勝手に勘定方を使用するわけにはいかなかった。

「勘定奉行さまにご報告いたさねばなりませぬな」

「なにを」

じっと見つめる勘定方に、千種忠常がうろたえた。

勘定吟味役は勘定のすべてを監察する。勘定方から出世する役目だが、勘定奉行には属さず、老中の配下であった。

その権限は大きく、勘定吟味役の立ち会いがなければ、幕府の金蔵は開けられず、勘定方の予算執行に差し支えた。

ゆえに勘定方は、勘定吟味役が出す多少の無理難題を引き受けた。今回のこともそれであった。

「では、これで」

「ご苦労であった」

もう一度別れを告げた勘定方を千種忠常は引き留められなかった。

「おのれっ。店に勘定方の査察が入れば、借財の期限をうやむやにできると……いや、両替商の看板を守るため儂に泣きついてこさせ、代わりにすべてをなかったことにさせるつもりでおったものを」

千種忠常が悔しそうに歯がみをした。

「まずいな。どうやって逃れるか。査察の当日、分銅屋が帳面、蔵の鍵を持って外出していた。これは分銅屋が儂の手を読んでいた証拠じゃ」

険しい顔で千種忠常が独りごちた。

「……行かざるを得ぬ。早急に分銅屋と話をし、なんとしても評定所へことを持ちこまれないようにせねば」

評定所は幕臣の非違《ひい》をあらためる。借財を踏み倒した旗本を金貸しが訴え出るという案件が増えている。勘定吟味役という清廉潔白を旨とする役人が、評定所へ、それも金のことで訴訟されるのは致命傷といえた。たとえ、評定所での結審では勝利したとしても、金でもめたというだけで、お役目にふさわしくないとの評価が付く。

「お役御免は嫌じゃ」

勘定吟味役は小禄の旗本、御家人が出世できる限界であった。長年勘定方の激務をこなしながら、商家などの誘惑を排除し続け余得を一切懐にしない、まさに清貧を誇示し続けなければ就任できないのが勘定吟味役である。地位は勘定奉行の次席、役高六百石で布衣格《ほいかく》を与えられる。

足高《たしだか》の制のため、勘定吟味役になったところで本禄は増えないが、慣例をもって十年以上その席にあれば、高直しを受けることができる。また、布衣格は、幕臣のなかでも上になり、その状態で隠居すれば、小普請《こぶしん》ではなく寄合へと編入された。

小普請は懲罰というあだ名があるくらい待遇が悪く、一度小普請に入るとなかなか抜け出せないが、寄合は三千石の旗本同様として、役席の空き待ちという形になる。

罷免ではなく、隠居して家督を譲った場合、跡継ぎは寄合格として扱われ、役目に就くのも早く、また小納戸《こなんど》や勘定頭《がしら》などかなりよいところから出発できた。

「ようやく勘定吟味役として八年、あと少しで寄合格になれる。勘定衆としてお役に出て以来、じつに二十八年だぞ。同期は皆勘定頭か、代官になり、余得で贅沢《ぜいたく》な生活を送っている。妾《めかけ》を持つ者も多い。それらすべてを我慢してきたのだ。今更、蹴躓《けつまず》くわけにはいかぬ」

千種忠常が続けた。

「駿河屋の者を探し出すしかないか。そして、借財などなかった、もう返済はすんでいる。もう、分銅屋の持っている帳面は無効だと見せつけるしかない」

次の手を千種忠常が決めた。

四

分銅屋仁左衛門は勘定方の監査を受けても、なに一つ変わった様子を見せなかった。

「よいしょっ」

そうなると左馬介も日常を繰り返すしかなく、今日も喜代の指示で台所の重いものをあちらに運び、こちらへ動かししていた。

「力はおありですねえ」

米俵を一つずつ両方の手にぶら下げた左馬介を見て、分銅屋仁左衛門が感心した。

「日雇い浪人に与えられるのは、力仕事と相場は決まっておるでな」

褒められた左馬介が苦笑した。

「いや、それだけ力を付けるまで続けてこられたところがすごいと思いますよ。たいがいの浪人さんは、辛《つら》さに逃げ出し、道を外れてしまわれる」

「……たしかに」

分銅屋仁左衛門の話に、左馬介は苦い顔をした。

「思い当たるところがおありで」

「十年ほど前かの。父が亡くなって己の食い扶持《ぶち》を一人で稼がねばならなくなったころだったな。土捏《つちこ》ねの仕事で何度か一緒になり、意気投合した御仁がいたのだがな」

米俵を置いて、左馬介は思い出を語り始めた。

「藩の手元不如意《ふにょい》というやつで、浪人になったばかりだったのだが……一年ももたなかったな」

「どうなりました」

その浪人の末路を分銅屋仁左衛門が問うた。

「最近、姿を見ないなと思っていたら、深川《ふかがわ》で用心棒をしていた。深川の遊郭で、すさんだ様子であった」

寂しそうに左馬介は述べた。

「諫山さまが、深川の遊郭へ何をしに行かれたかは訊きませんが……そういうお方は多いようでございますな」

「その用心棒も一年ほどしか続かなかった。見世と客のもめ事に巻きこまれて……」

遊郭の用心棒の末路は悲惨でしかなかった。もともと吉原《よしわら》以外は、御法度の遊郭なのだ。客筋もよろしくない。揚げ代を払う払わないから、遊女の態度が気にくわないまで、毎日のように喧嘩沙汰が起こる。頭に血が上った連中を相手にするには、剣の腕がいる。二本差しているという圧迫感だけで、用心棒を務めていると痛い目に遭う。匕首《あいくち》でもさばき方を知らなければ、致命傷になった。

「その前になんとかならなかったかなと」

「……墜《お》ちるのは、己の勝手としか言えませんよ」

引け目を感じている左馬介に、分銅屋仁左衛門が首を左右に振った。

「それはわかっている。ただ、もう少し話を聞いておけばよかったかと思っているのだ」

「話を聞く。生活の援助をしてやるとか、励ましながら一緒に仕事をするとかではなく」

　不思議そうな顔で分銅屋仁左衛門が尋ねた。

「日雇い浪人に他人を助ける力なんぞない。己一人生きていくのに精一杯だからな。そこまでうぬぼれてはおらぬさ」

　左馬介が手を振った。

「話を聞いておれば、もっと思い出もできたであろう。国のこと、家のこと、家族のことなど知っていれば、吾との共通するもの、吾にはないものがな、いろいろとな」

「思い出でございますか」

「人が生きていたという証《あかし》だ。浪人なんぞ、もといた藩では都合の悪い者でしかない。放逐《ほうちく》した者が目に付くところにいては、気が悪かろう。藩の政に失敗したという象徴の浪人なんぞ、いられてたまるまい。浪人はほとんど国から追い出されていく。こうして国の知人から消される。生きてきた歴史がつぶされる」

　苦い声で左馬介が続けた。

「かといって浪人してから、新しい歴史なんぞできるわけはない。浪人として江戸へ出てきた者にとって、どれだけ他人がいようが皆知らないのだ。人の集まりのなかで、己だけが違う」

「…………」

分銅屋仁左衛門は黙って聞いた。

「だから浪人は寄り添うのだ。己がここにいる、生きているということを他人に認めて欲しくてな」

「だから思い出だというわけですか」

「ああ。その日の生活に追われ、あまり昔のことを振り返りはせぬがの、ふとしたときに思い出す。そのとき、あいつが生きていたら……」

左馬介が語尾を小さくした。

「いいものでございますなあ」

分銅屋仁左衛門がしみじみと言った。

「諫山先生、お米は蔵へ入れてくださいましたか。終わったら、薪《まき》を割ってくださいな」

台所から喜代の声が響いた。

「……いけませんね」

穏やかだった分銅屋仁左衛門の表情が険しくなった。

「どうかしたかの」

米俵をもう一度抱え直して、蔵へと運びかけていた左馬介が足を止めた。

「諫山さまは下男じゃありません。用心棒としていていただいている。たしかに用心棒としての役目がないときに、女ではできない力仕事などをお願いするのは、まあよしといたしましょう」

「………」

「その諫山さまの顔を見もせず、またねぎらいの言葉もなく、仕事をさらに加える。ちと喜代は思い上がっているようでございますな」

「いや、分銅屋どの、喜代どのは……」

「喜代、ちょっと来なさい」

宥《なだ》めようとした左馬介を相手にせず、分銅屋仁左衛門が大声を出した。

「……はあい」

旦那の呼び出しである。喜代はすぐに顔を出した。

「御用でございますか。あら」

中庭に来た喜代が、分銅屋仁左衛門と左馬介の二人が一緒にいることに首をかしげた。

「心得違いをしてはいませんか」

分銅屋仁左衛門が喜代を見つめた。

「なんでございましょう」

詰問口調の分銅屋仁左衛門に喜代が戸惑った。

「諫山先生を小者《こもの》扱いするとは、なにを考えているのだい」

「……諫山先生を小者……あっ」

言われた喜代が気づいた。

「諫山先生のおかげで、分銅屋は無事であったとわかっていますか」

分銅屋はいろいろな敵に狙われていた。今は手を組んでいるお庭番をはじめとして、加賀屋、目付衆らに襲われてきた。そのすべてを左馬介が防いできた。

「……はい」

喜代がうつむいた。

「諫山先生は、気さくなお方だ。手が空いているから力仕事の一つでも手伝おうと言ってくださった。それに甘えるなとは言いません」

そこで分銅屋仁左衛門が一度言葉を切った。

「ですが、顔を見せることもなく、米俵を運んでもらったことへの礼もなく、次の用を言いつけるとは、なにごとですか。女中を束ねる立場にあるおまえが、諫山先生を軽く扱えば、他の者もまねをする。皆が諫山さまを軽視したらどうなります。諫山さまが、もう嫌だと当家を去られるかも知れません」

「……すいません」

厳しい厳しい叱責《しっせき》に、喜代が頭を下げた。

「わたしに謝ってどうするんです。おまえが詫《わ》びを願うのは、諫山先生にでしょう」

「いや、分銅屋どの。拙者は別段」

謝罪は要らないと左馬介は断った。

「いけません。まちがったならば、ちゃんと謝る。それは人として当然のことでございまする。いずれ、この喜代も奉公を辞めて嫁に行きましょう。そのとき、当たり前のことができていなければ、わたくしが恥を搔《か》くのです。分銅屋は奉公人のしつけもできない男だと。そんな悪評がたった男が営む店に、大事な取引を任せてくれる商人はおりません」

「………」

店の繁栄にかかわると、分銅屋仁左衛門が左馬介の仲立ちを拒んだ。

そう言われては左馬介は黙るしかなかった。

「諫山先生、申しわけありませんでした」

喜代が泣きながら謝った。

「いや……」

気にしていないと言いかけて、左馬介は止めた。

ここで謝罪の価値を下げるような応対は、分銅屋仁左衛門の叱責を無にしかねない。

左馬介が気にしていないのに、分銅屋仁左衛門は怒った。なんとうるさいことだと喜代が思えば、店のなかに不和を生む。

「詫びを受け入れる。できれば、これからも頼ってもらえればうれしい。暇をしていては気兼ねなのでな」

左馬介は喜代を気遣った。

「ありがとうございます」

喜代が深々と腰を折った。

「下がりなさい」

「はい」

分銅屋仁左衛門の指示を受けた喜代が、もう一度頭を下げて台所へと引っこんでいった。

「お気遣い、感謝いたしますよ」

喜代がいなくなってから、分銅屋仁左衛門が礼を述べた。

気にするなとも言わず、喜代を責めもせず、また声をかけてくれと言ったことを分銅屋仁左衛門が評価した。

「いや」

左馬介は少しだけはにかんだ。

「もうよいかの、そろそろ薪を割りたいのだ。夕方前に終わらせて、湯屋が混まないうちに行きたいのでな」

「これは、失礼を。どうぞ」

笑いながら分銅屋仁左衛門は、中庭から座敷へと移動した。

五

座敷に入った分銅屋仁左衛門のもとに、茶を捧《ささ》げた喜代が来た。

「お茶をお持ちいたしました」

「ああ、すまないね」

分銅屋仁左衛門が茶碗に手を伸ばした。

「すみませんでした」

喜代がふたたび詫びを口にした。

「もういいよ。諫山さまが許されたからね」

「はい」

喜代がうなずいた。

「まったくいい買いものだったね」

分銅屋仁左衛門がしみじみと言った。

「諫山先生でございますか」

「そうだよ。仕事は手を抜く、店のものをくすねて持ち出す、女中に手を出そうとする。今までの浪人は、はっきりといって使いものになりませんでした」

「…………」

言う分銅屋仁左衛門に喜代は無言で同意を示した。衆に優れた容姿を持つ喜代は、用心棒として分銅屋に雇われる浪人から何度も誘いを受けていた。

「なかには無理矢理手ごめにしようとする馬鹿もいたね。何人の浪人を首にしてきたことか」

分銅屋仁左衛門が吐き捨てた。

「しかし、諌山さまは違う。お金をもらうということをよくおわかりだ。主というのはね、奉公人に給金以上の仕事を求めているもんだ」

「それは……」

雇われる側としては、期待が大きいと厳しい。喜代が目を伏せた。

「当たり前のことだよ。わたしは商人だ。出した金以上の見返りがないと、取引する意味がない。そこで儲《もう》けを出して、店をやっている。赤字になるようなら手を引く。それができない商人は潰れる。ああ、もちろん、先を見越して今の赤字は飲みこむというのはあるよ。奉公人はほとんどがそうだ。最初の一、二年目はまず使いものにならない。給金以下、損失しか生まない。そして三年目が収支ちょうどというところだろう。仕事もわかり、まず失敗しなくなる。給金以上になるのは四年目だね。だけど、一年目の損があるから、四年ではまだ雇って得にはならない。四年をこえて、初めて奉公人は店に貢献できる」

「…………」

雇い主としての考えを聞かされた喜代が黙った。

「日雇いは違う。そんなに長くつきあう相手ではないからね、普通は。その日一日働かせて、損をしなければよし、赤字になったら二度と雇わない。これが日雇いされる側とする側の関係だ。当然、日雇いには店に対して忠義を尽くす気はなく、無理をしてまで働くことはない。こっちもそこまで求めませんﾞ」

「諫山さまは……」

おずおずと喜代が尋ねた。

「忠は向けてくださいませんよ。忠は命を捧げることですからね。命あっての物種《ものだね》、生きていればこそ、金も稼げる、ものも喰《く》える。諫山さんは浪人、譜代《ふだい》の家臣じゃありません」

「譜代の家臣だと忠義を捧げてくださいますのでございますか」

喜代が問うた。

「譜代の意味を考えればわかりますよ。譜代とは代を重ねるという意味。つまり何代にもわたって禄を給してもらったということ。そして、それはこの先何代も禄を与え続けてくれるということでもある」

「先祖代々、子々孫々」

「そうだね」

喜代の口から出た文言を分銅屋仁左衛門が肯定した。

「己が死んでも子供に家禄《かろく》は継がせてもらえる。これがあるから、お侍さまは主君の前で死ねるんだよ。日雇いはそうはいかないだろう」

「はい」

確認するような分銅屋仁左衛門に、喜代がうなずいた。

「日雇いはその日のお金をもらえば終わりだ。仕事ぶりが良くて、まだやらせることがあれば、明日も頼むよくらいは言ってもらえるが、そうでなければ一日だけのつきあいになる。明日顔を合わせても挨拶さえしない相手に、命をかけろとは言えないだろう」

「言えません」

「そこの機微《きび》を諫山さまはよくおわかりだ。日雇いのなかには、一日だけしかつきあわないと決めて、お金さえもらえれば、評判なんぞどうでもいいというやつがいる。いや、ほとんどがそうだねえ」

分銅屋仁左衛門が嘆息した。

「諫山さまは、そこが違う。お金の価値をよくご存じだ。四文なんぞたいしたお金じゃないけど、なければ団子は喰えない」

茶店の団子は一串四文が通常であった。

「一文足りなくても、湯屋にはいけない。一文を馬鹿にする者は、一文足りなくて泣くときが来る。それを身に染みていられるんだろう、諫山さまは。雇われている限りは全力で働く。だから、喜代が頼んだ雑用もしてくださっていた」

「…………」

話が最初に戻り、喜代がうつむいた。

「ただし、限度がある」

「限度……」

「もらっている金額の数倍を求められたときだ。わかりやすいのは、命だな。命がけで守らなければならないというのは、どれだけ金を積まれようとも割が合わんだろう。死んでしまえば、千金があっても使えないからね」

「生きていてこそ、お金は意味がある」

「そうだね。まあ、用心棒の場合は、多少の危険は仕事のうち、そのぶん報酬が高めになっているので、仕方ないといえば仕方ない。用心棒が襲い来た相手の強さにおのいて逃げ出してはまずかろう。とはいえ、命を差し出すほどの金は出していないからね。そのあたりは、まあ、口では言いがたいけどね」

「はあ」

女中は命の遣り取りからもっとも遠い。喜代がみょうな顔をした。

「用心棒にとって雑用がそれにあたる。多少はいい。用心棒なんぞ、見回りをする以外に動くことはないからね。ちょっと力仕事をお願いするくらいはいい。用心棒も男だからね。女から頼られると断り切れないし、うれしいだろう。だからといって使いすぎると、雑用での疲れが本業に差し支える。用心棒が昼間の雑用疲れで夜中熟睡してしまい、盗賊が入ったのに気づきませんでしたは本末転倒だ」

「……はい」

喜代が蚊の鳴くような声を出した。

「おまえは上《かみ》の女中としてよくやってくれている。だけにおまえの言動は、他の女中たちに影響を与えてしまう。浪人を下に見る癖が付いては困る。浪人が当家の客に来ることはまずないが、へんな態度を取って怒らせては面倒になる。喜代が嫁に行ってしまい、そんな女中ばかり残っては大事だ」

「わたくしが嫁に……」

意外なといわんばかりの顔を喜代がした。

「いくつになった」

「……二十二歳でございまする」

訊かれた喜代が、少しためらいがちに告げた。

「もうそんなになるかい」

分銅屋仁左衛門が驚いた。

「つい慣れているからと奥の仕事を任せてきたが、そろそろ考えなければいけないねえ」

女のほとんどは十八歳くらいまでに嫁に行く。遅い者でも二十歳、それをこえると年増と呼ばれるようになった。

「いえ、まだ、わたくしは」

喜代が首を横に振った。

「奉公人を嫁《い》き遅れにしたとあっては、わたしの器量が問われるんですよ。どこかいいところを探さないといけません。うちの番頭たちは皆妻持ちですし、手代でこれはという男もいませんしねえ」

分銅屋仁左衛門が思案に入った。

奉公人への責任はすべて主にあった。

男の奉公人ならば、独り立ちさせるときに店を開く金を融通する、女の奉公人だと嫁入りの道具などを用意してやる。

これが安い給料で長年奉公させる代償と言えた。

「どこへなとうせろ」

怒りにまかせて何十年と仕えさせた奉公人をたたき出す。これは主の恥であった。何年もかかって、一人前の商人、あるいは職人に育てられなかったと世間から冷たい目で見られる。女中でも同じである。よいところに嫁入りさせるのはもちろん、恥をかかないていどの荷物や着物などを用意してやらなければならない。

これができていない店に、質のいい奉公人は集まらず、当然、商いにも支障が出た。

「旦那さま……」

誰がよかろうだの、あやつはだめだのと考え出した分銅屋仁左衛門に、喜代が戸惑いの声をかけた。

「ああ、仕事があったね。もう、下がっていいよ。後はわたしに任せておきなさい。悪いようにはしないから」

「……はい」

主にそう言われては仕方がない。一礼して喜代は、台所へと下がっていった。

加賀屋は旗本一千二百石田野《たの》里蔵人《さとくろうど》を訪ねていた。

「不意に申しわけございません」

「いや、加賀屋の訪問ならば、いつでもよいぞ」

金を借りている相手には、どうしても気を遣う。田野里が形だけの謝罪をする加賀屋に手を振った。

「今日は、お願いに参りました」

「……………」

加賀屋に言われた田野里が黙った。

「先日お願いいたしました商人、浅草門前町の両替商分銅屋でございますが、早急に片付けていただきたく」

「やはりせねばならぬか。まだ井田にも命じておらぬのだ」

田野里が嫌そうな顔をした。

「今さらなにを仰せでございますか。借財の利子の棒引きと別に十両でお引き受けくださったはず」

加賀屋が迫った。

「わかっておる。だが、あれから考えたのだ。やはり刺客とするなど、武士としてどうかと……」

「さようでございますか。武士としての矜持《きょうじ》が許さぬと」

「そこまでは言わぬが、まあそうだの」

確認した加賀屋へ田野里がうなずいた。

「では、わたくしも商人の本分に戻らせていただきましょう。田野里さま、今年から十年、禄はすべていただきまする」

「なにを……それでは食べていけぬ」

「貸した金を返してもらうのが商人の本分でございまする」

「しかし、あまりではないか」

「わたくしの願いをお断りになっておいて、今さら情けをお求めで」

冷たい目で加賀屋が田野里を見た。

「………」

田野里が目を逸《そ》らした。

「いかがなさいます」

返答を加賀屋が求めた。

「本当に利子をなくし、十両くれるのだな」

「はい。証文代わりに……」

念を押した田野里の前に、加賀屋が小判を十枚並べた。

「わ、わかった」

田野里が落ちた。

「すでに期限はすぎておりますので、明日、明後日の間にお願いします。なさらなければ……」

「かならず」

脅しを受けた田野里が首を強く縦に振った。

加賀屋を帰した田野里蔵人は、家臣で一刀流の遣い手井田三郎を呼び出した。

「そなたは儂のために、命を捨てられるか」

「もちろんでございまする」

田野里の問いに、ためらいなく井田が答えた。

「そうか。捨ててくれるか」

満足そうに田野里がうなずいた。

「では、頼む」

「なにをでございましょう」

井田が問うた。

「そなた、浅草門前町の両替商分銅屋を知っておるか」

「あいにく、存じませぬ」

旗本の家士《かし》と両替屋は縁がない。貧しい陪臣《ばいしん》では、小判を見ることさえないのだ。

井田が首を横に振った。

「ふむ。そうか。いたしかたないの。後で確認しておけ」

「はい。で、その分銅屋になにか」

井田が尋ねた。

「斬れ」

「……えっ」

思わず井田が失礼な反応をした。

家臣は主君の命を聞き直してはならない。主君の言葉が絶対でなければ、武家の忠節は成り立たなくなる。

「聞こえなかったか、分銅屋の主を斬れと申した」

「お、お待ちを」

井田が真っ青になった。

「人を斬れと仰せでございまするか」

「そうじゃ。分銅屋が生きていては当家が危なくなる」

田野里が首肯した。

「ですが……」

人を殺すとなれば大事である。うかつに首を縦に振るわけにはいかなかった。

「なんじゃ、そなた不満か。先ほど、余のためなら命を捨てられると申したではないか」

「それはそうでございまするが……」

井田が口ごもった。

家臣が主君から、儂のために死ねるかと訊かれて嫌だと言えるはずはない。言えば、放逐されかねないのだ。

「ならば従え」

「なぜ、分銅屋を斬らねばなりませぬので」

「そなたは知らずともよいわ」

理由を問うた井田を、田野里が拒んだ。

「せぬのならばよい。下がれ」

「……はっ。それでは」

もういいと手を振られた井田が安堵《あんど》のため息を吐いた。

「井田、そなたの禄を半知《はんち》いたす」

「それはあまりでございまする」

半知とは半減の意味である。もともと千石そこそこの旗本の家臣など、用人で五十石あるかないかで、ほとんどが三十石ほどでしかない。年間にして十二両ほどのものを半減させられては、やっていけなくなる。

井田が泣きついたのも当然であった。

「なにか文句があるのか。家臣の禄は、主君が決めるものだ。手柄を立てれば増えるし、役に立たぬと思えば減る。いや、追放する。当たり前のことだ」

田野里が冷たい声で言った。

「禄は先祖が、戦場《いくさば》で手柄を立てていただいたものでございまする」

井田が勝手に減らされては困ると抗議した。

「いつまで先祖にすがっている。最後の戦いである大坂の陣からもう百三十年以上だぞ。わかっておるのか、その間、家禄が増えていないのは、なんの役にも立っていないとの証拠だ。いわば無駄飯を黙って喰わせてやっていたのじゃぞ。そろそろ仕事をさせようと考えても無理はなかろうが」

「…………」

主君の言いぶんに井田はなにも言い返せなかった。

「下がれ、気分が悪い。先ほどの半知は取り消しじゃ」

「それでは……」

減禄はなしになったかと喜びかけた井田に、田野里がより厳しい処罰を言い渡した。

「禄を取りあげる。代わって三人扶持を給する」

「…………」

井田が両手を突いて崩れた。

一人扶持は一日玄米五合を現物支給することだ。三人扶持だと年間五石四斗にしかならない。年貢の割合で手取りの変わる禄と違い、扶持は額面どおり支給されるが、大幅な減収になる。さらに扶持米《ふちまい》取りは、武家のなかで最下級とされる。もっとも格上なのが、石高《こくだか》に応じた知行所《ちぎょうしょ》を与えられている知行所取りで、その次が米を石高に合わせて支給される蔵米《くらまい》取りとなり、扶持米取りは武家における末席とされていた。

収入を下げるうえに、格まで落とされる。

「……あまりでございましょう。この井田、家督を継いで以来十年、殿に誠心誠意お仕えして参りました」

井田が泣き顔で訴えた。

「ふん」

田野里が鼻を鳴らした。

「そのご奉公の結果が……」

「ならば訊く。そなた恩と奉公をどう思っておるのだ。そなたが十年してきたと言い張ることは、禄に見合うものであったのか。厳しい世じゃ。旗本といえども金がなくばやっていけぬ、無駄金は遣えぬ」

「それは……」

今時の武士で役目に就いていない者など、ほぼ働いていないのと同じである。井田も主君の登城などの供をするだけであった。

「そなたがすれば、当家は金の苦労をなくせる。これは手柄だ。無事に果たせば、加増してくれるぞ。そうよな、五十石くれてやる」

「………」

井田が黙った。

五石あまりと表高《おもてだか》とはいえ五十石では天と地の差がある。さらにこのまま辛抱していても、主君に見捨てられた家臣の末路は悲惨でしかない。そう遠くない未来に、口実を設けて放逐されるのは避けられなかった。

かといって主君の悪事を訴え出るのも悪手《あくしゅ》であった。いかに正義のためとはいえ、恩ある主君を売った家臣など、どこも拾ってはくれない。

「……わかりましてございまする」

井田はうなずくしかなかった。


さっそく行けと命じられた井田は、暗い顔で浅草寺《せんそうじ》へ参詣していた。

「なにとぞ、ご加護を賜りたく」

懐の紙入れから、井田はなけなしの小粒金を賽銭箱《さいせんばこ》へと投げ入れた。

「…………」

周囲の町人たちが目を見張るほど真剣に井田が本尊を拝んだ。

「これでよし」

井田が踵《きびす》を返した。

浅草寺の大門を出た井田は、門前町の分銅屋を目指した。

「……あれか」

あらかじめ聞いていたのと同じ、分銅形の看板を井田が見つけた。

井田は分銅屋に人の出入りがあるのを見て、つぶやいた。

「用心棒が一人いるらしい。そこそこ手強いという」

独りごちながら、井田が分銅屋の様子を窺《うかが》った。

「……あやつだな」

七つ（午後四時ごろ）過ぎ、分銅屋から出てきた浪人に井田が気づいた。

浪人は両替屋に用がない。その日暮らしの浪人が使うのは、銭あるいは朱金、よくて分金であり、両替しなくてもすむからである。

両替屋にかかわりのある浪人は、用心棒と考えてまちがいなかった。

「どこへ行く。そろそろ黄昏《たそがれ》どきだ。今からが盗賊除《よ》けの用心棒が働くころあいであろうに」

歩いて分銅屋から離れる左馬介に、井田が首をかしげた。

「どうする。今なら、店に用心棒はいない」

井田が分銅屋を見た。

「殿より命じられたのは、分銅屋の主一人の首」

分銅屋の店先には客と奉公人の姿があった。

「とはいえ、あれらを蹴散らさねば主のもとには行けぬ……」

井田が苦い顔をした。

戦国からときは過ぎ、武士は戦うことを忘れた。とはいえ、武士は武芸を捨てるわけにはいかない。武こそ武士の看板であり、価値であった。

戦いはなくなったが、いざというときのために、主君の前で敵を討つために、武士は剣術や槍《やり》、弓の稽古を続けてきた。

武芸はどう言いつくろったところで、人を殺す技である。いかに人を斬るか、どうやって遠くの敵を殺すか、それを武芸は教えてきた。

しかし、泰平の世は武を嫌う。力ある者が弱い者を支配するという構図を体現している武は秩序を壊す。

天下でもっとも強い者が将軍になる。乱世はそのとおりだが、泰平になると血筋で将軍は受け継がれていく。そうなれば、将軍が天下一の強者でないときが出る。下克《げこく》上《じょう》が出やすくなるのだ。

将軍までいかずとも、大名、旗本も同じである。家臣のなか、一族のなかから取って代わろうとする者が現れて来かねない。

これは恐怖であった。そこで天下人は、己の子々孫々が安心して、その地位を受け継げるよう、武を押さえる。

「人を殺してはいけない」

戦国乱世では通じなかった法度を布《し》く。

これが矛盾を呼んだ。武士は武芸を学ばなければならないが、それを実際に振るえば罪になる。

刀を腰に帯びていながら、抜いてはいけない。刀を抜けば、家が潰れる。これを子供のときから厳しく躾《しつ》けられるのだ。

井田が町人を斬るのをためらうのも当然であった。

「用心棒ならば、浪人とはいえ武士だ。抗《あらが》う術《すべ》を持たぬ町人とは違う。それに用心棒を先に片付けておけば、分銅屋を片付けやすくなる」

無理矢理の理屈をつけた井田が、左馬介の後を追った。

第二章　恩と奉公

一

わざわざ多摩川《たまがわ》から水道を造り、町中の井戸へ水を配らないといけないほど江戸は水の出が悪い。

江戸の風呂屋はよほど水の便がよいところでなければ、蒸し風呂であった。

浴室の隅に小さな湯だまりを設け、かんかんに沸かす。あふれ出た湯気を利用して、客に汗を搔かせ、浮かせた垢《あか》を箆《へら》でこそぎ落とさせる。あとは浴室の壁から出ている樋《とい》を通じて供される適温のお湯を被《かぶ》って終わり。

左馬介が通う風呂屋もこれであった。

「なかなかよいものよな、風呂は」

湯上がりの左馬介は、まだまだ溢《あふ》れてくる汗を手拭いで拭いながら、脱衣場へと出てきた。

「諫山先生も、風呂好きでござんすね」

番台に座っていた男が笑いかけた。もうかなり通い詰めている左馬介は、風呂屋でも顔なじみの一人になっていた。

「いいな、風呂は。夏は汗をさらなる熱さで溶かし、冬は腹の底から温めてくれる。一日の疲れは吹き飛ぶ。まさに天上の心持ちだ」

着替えとして持参した新しいふんどしを締めながら、左馬介はうなずいた。

「今日はどうなさいます」

番台の男が二階への階段を見上げた。

「ふむ。惜しいがな。少し遅くなったので、店へ戻らねばならぬ」

無念だと左馬介が首を横に振った。

「用心棒のお仕事は、これからでござんすね」

番台の男も同意した。

風呂屋の二階は、多くが湯上がりどころとなっている。といっても男湯だけの話である。女たちは二階ではなく、一階の脱衣場にある小さな式台で休憩する形をとる。

二階に上がると、無料の麦湯が置かれており、将棋や囲碁の道具もある。はやりの読み本なども好きに見られる。そこで男たちは、知り合いと烏鷺《うろ》を戦わしたり、雑談に興じたりしてひとときを過ごす。

これならば、女用のものがあってもよいと思われるが、それは都合が悪かった。

二階の湯上がりには、のぞき穴があった。女湯の脱衣場、浴室を上から見下ろせるよう湯上がり場の床に小さな穴が開けられていた。

そこから男たちは、着替えをしている女や、風呂で身体《からだ》を洗っている女を見下ろして楽しむのだ。

町内でも評判の小町娘が湯屋へ向かったとなれば、のぞき穴は奪い合いになる。

もちろん、のぞき穴があることを女たちは知っている。知っていて気にしない。

「風呂で裸になるのに、なんの不思議があるんだい」

女の股間は上から見えないというのもあるだろうが、えてして男より女に度胸はある。

もし、逆であったら、男は股間を隠さなければ、風呂へ入れなくなるだろう。

もちろん、見られるのは嫌だという女は、風呂屋が混む夕方ではなく、朝や昼に入浴をすませる。

「ただで拝ませてたまるものかい」

芸者など身体を商売の道具にしている女は、まず朝風呂しか入らない。

「今なら、女湯は混んでるよ」

親切な番台になると、男に見頃を教えてくれる。

左馬介も余裕があるときは、二階へ上がり少しだけ楽しんでいた。

「まあ、今は二人しか入ってませんからね。少し前なら若い娘もいたんですが」

今日はさほどでもないと番台の男が告げた。

「いやいや、見せてもらって文句を言うわけにはいかぬぞ」

左馬介が苦笑した。

「おう、遅くなった」

障子戸が勢いよく引き開けられ、威勢のいい職人が入ってきた。

「親方、珍しい。ずいぶんと遅いことで」

番頭が左馬介から相手を親方へと変えた。

「ちいと普請場でな、施工主ともめちまってよ。まったく、柱を組みあげてから間取りを変えたいなんぞ、できるわけねえのによ。その説得に手間取った」

親方が不満を口にした。

「そりゃあ、面倒な」

「おうよ。まったく……おっ、諫山の旦那じゃねえか」

親方が左馬介に気づいた。

「棟梁《とうりよう》、ご無沙汰をしている」

「お仕事はござんすかい。明日でよければ伝通院《でんずういん》近くの現場で荷運びをお願いしますよ」

左馬介の挨拶に親方が誘いをかけた。

「なんともありがたいのだがな。今、拙者は分銅屋どのでお世話になっておるのだ」

申しわけなさそうに左馬介は頭をさげた。

「分銅屋さんで、それはよござんした。いや、諫山の旦那なら、分銅屋さんもお気に入りでござんしょう」

「そうであればよいがな」

喜んでくれる親方に、左馬介はほほえんだ。

「では、これで」

「お気を付けて」

雪駄《せった》を下足箱から出そうとした左馬介の背中に、親方と番台の会話が聞こえてきた。

「そういえば、ここの前に変な侍がいたぞ」

「変な侍でございますか」

親方の話に、番台が首をかしげた。

「…………」

左馬介が動きを止めた。

「おうよ。この向かいの辻角でよ。ここの男湯の出入りを、それこそ親の仇《かたき》でも見るような目で睨《にら》んでいやがった」

「ちと喉が渇いた。二階を借りてよいか」

雪駄を戻して、左馬介が番台に訊いた。

「どうぞ。お上がりを」

番台が認めた。

「…………」

無言で二階へ上がった左馬介は、格子窓に近づき、指が入るていどの隙間を空けた。

「……あれか」

隙間から覗《のぞ》いた左馬介は、相手を確認した。

「見たことのない顔だが……」

左馬介は分銅屋仁左衛門とかかわってから、いろいろなところへ行き、たくさんの人を見た。そのすべてを覚えているわけではないが、辻角ですさまじい目をしている武士は思いあたらなかった。

「よし、覚えた」

いつまでも見ているわけにはいかない。左馬介の仕事は分銅屋の用心棒である。このままずっと相手が去るまで待つという手立ては取れなかった。

「付いてくるようならば、分銅屋の敵」

どう考えても好意のある目つきではない。左馬介は窓を閉めた。

「邪魔をした。また、明日な」

手をあげて左馬介は、風呂屋を出た。

「…………」

相手の位置はわかっているが、そちらを見るようなまねはしない。幾度も狙われた経験が左馬介を育てていた。

「……付いてきているな」

人というのは、意外に敏感である。背中に集中すれば、気配を感じることはできる。

「店へ連れて帰るわけにはいかぬ」

武士はなにをしでかすかわからない。左馬介は武士に対する信用をなくしていた。

「…………」

左馬介は次の辻を左に曲がり、大川端へと進んだ。

「やはり」

曲がりしなにちらと後ろを窺った左馬介は、見覚えた武士がいることを確認した。

「ここらでいいか」

川の手前、人気のない材木置き場で左馬介は足を止めた。

「拙者に御用のようだが、どちらさまかの」

左馬介は振り向いた。

「……気づいていたか」

五間（約九メートル）ほど離れたところで立ち止まった井田が頬をゆがめた。

「気づかれていないと思うのは甘すぎるだろう」

最初から左馬介は相手を挑発にかかった。

「分銅屋の浪人だな」

「確認せねばならぬていどで、後を付けてきたのか。もし、違っていたらどうするつもりだったのだ」

左馬介があきれて見せた。

「こやつ……」

井田があっさりと挑発にのった。

「浪人の分際で、無礼であろう」

「他人の尻を追うような輩《やから》に、礼儀を言われる筋合いはないぞ」

左馬介が言い返した。

「許さぬ」

怒った井田が太刀《たち》を抜いた。

「……やはり」

殺気に左馬介は嘆息した。

「なにやつか」

左馬介は雪駄を脱いで、足袋裸足《たびはだし》になった。冷たい地面が、左馬介の緊張を高めていく。

「世に在ってなにもせず、主君への忠義もなくした浪人は生きているだけで害悪である。死んでしまえ」

井田が太刀を振りかぶった。

「勝手な言いぶんを。毎日働いてその日の糧《かて》を得ておるわ。なにもせずとも禄をもらえるおまえたちのほうが、よほど役に立っておるまいが」

日ごろの不満を左馬介は口にした。

「黙れ。武士がなくば世のなかは成りたたぬのだ」

より一層怒った井田が間合いを詰めてきた。

「……………」

左馬介は腰を落として待ち受けた。

「どうした、刀を抜かぬのか。いや、食い扶持に化けて、太刀は売り払い竹光《たけみつ》になったか。やはり浪人は屑《くず》だな。武士の魂ともいうべき刀を売るなど」

井田が左馬介を嘲弄《ちょうろう》した。

「誰が売ったと言った」

左馬介が応じた。

「ならば抜いて見せろ」

「居合いを知らぬのか、おまえは」

命じた井田に左馬介は口の端をゆがめて見せた。

「……居合いを遣うか」

井田が警戒した。

「しかし、吾が太刀の疾《はや》さには勝てまい」

肚《はら》をくった井田が、大きく踏みこみながら、太刀を振った。

「ふん」

左馬介は帯に差していた鉄扇《てつせん》を抜いて、これを打ち払った。鉄扇は短い。取り回しという点では、太刀を大きく引き離す。

井田の一刀は、鉄扇によって逸らされた。

「なにっ」

甲高い音と固い手応えに、井田が驚いた。

「少し力が弱かったか」

左馬介は太刀を折れなかったことに、落胆していた。

「それは、なんだ」

井田が左馬介の手元を見た。

「見てわかるだろう。扇だ」

左馬介は鉄扇を開いてあおいで見せた。

「ふざけたまねを……」

さっと井田の顔色が赤く染まった。

「そのような扇で、吾が太刀は防げぬ」

井田が太刀を振りかぶった。

「今、防いだぞ」

からかいながら、左馬介は扇を閉じた。開いていては十分な厚みが得られず、太刀の一撃をささえられないかも知れないからだ。

「黙れ」

ぐっと井田が伸び上がるようにして、上から太刀を左馬介の頭目がけて落としてきた。

「ふん」

左馬介は太刀の動きをよく見て、鉄扇で受けた。

「そのていど……」

ぐっと井田が鉄扇を押しきろうと体重をかけてきた。

「……むう」

左馬介は両手で鉄扇を支えた。

「うおおおお」

さらに井田が身体を傾けて左馬介への圧力を増した。

「なんの」

左馬介は押し返そうとせず、太刀を止めることに専念した。押し返そうとすると、腰も足も動員しなければならなくなる。

「こいつ」

押し切れないと悟った井田が、太刀を斜めにした。短い鉄扇に沿って滑らせ、途切れたところで斬りつけようとした。

「ぬえい」

それくらい鉄扇術を学んだ者ならば予想する。

どの武術も長所と短所を持っている。鉄扇術の長所は取り回しの易《やす》さであり、短所はその間合いの短さである。ほんの一尺（約三十センチメートル）ずらすだけで、鉄扇は届かなくなってしまう。

となれば、その弱点をどうするかが武芸としての目標となる。欠点をそのままにした武芸に、未来はない。

左馬介は左足を少しあげて、間合いを近くした井田の右臑《みぎずね》を蹴り飛ばした。

「ぎゃあ」

臑は人体の急所の一つであった。肉が薄く、容易に骨まで衝撃が届く。

頭上に白刃を支えながらの蹴りは、体重を乗せられず軽いものとなり、骨を折るだけの威力はなかったが、十分な痛みを生じさせた。

「痛いではないか」

「当たり前だ。痛くなるように蹴ったのだ」

非難する井田に左馬介は告げた。

「浪人のくせに、生意気な」

「どれだけ、武士が偉いのだ。先祖の功にすがって生きているだけの苦労知らずが」

明日の米がない恐怖を知らない武士へ、左馬介は反発を持っていた。

「仕えさせてくれる家さえない無能が、偉そうに言うな」

井田が痛みをこらえて、左馬介へと迫った。

「先祖の功だけで武士は喰えぬ時代になった。金のために、吾は主君よりこのような刺客のまねを命じられたのだ。おまえたちさえいなければ……」

「勝手な理屈を言うな。拙者も分銅屋も正業をおこなっている。それが気に食わぬなど、傲慢だぞ」

「他人に迷惑がかかっているのだ。迷惑だろうが」

「誰に迷惑がかかっているというのだ」

「吾が主……」

問われた井田が言いかけて黙った。

「言えぬようだな。ということは、迷惑がかかっている者はいないか、いても表に出られない人物」

「無礼な。主を侮辱するなど許さぬ」

闇の人物だろうと言った左馬介に、井田が激発した。

「問答無用、きさまを討ち、分銅屋を斬る。そうせねば、拙者に戻るところはない」

井田が気を入れ直した。

「帰るところがないならば、浪人しろ。浪人は気楽だ。一人生きていけるだけのことをしていればいい。誰に責任を負わされることも、負うこともない」

「黙れ、黙れ。譜代の井田家を拙者の代で絶やせるものか。先祖が受け継いだ禄と身分を、拙者は子供に無事譲らねばならぬのだ。そのためには、どのようなことでもいたさねばならぬ」

叫びながら井田が斬りかかってきた。

どれだけ修練を積んでいても、頭に血がのぼれば十分にそれを発揮できなくなる。井田がその状態であった。落ち着いて太刀を振るえば、左馬介では勝てない。なんとか数撃は鉄扇で防げても、太刀よりはるかに短いのだ。手の届かない左馬介には、攻撃の術がないも同様なのだ。それこそ、突き技を繰り返せば、勝てる。鉄扇をたたんだままでは、突きを防ぐには小さすぎ、拡げれば薄くなりすぎる。拡げた鉄扇を一突き目で破壊してしまえば、左馬介の抗う手段はなくなる。

しかし、頭に血がのぼれば冷静な判断ができなくなってしまう。

井田はたたき付けるように太刀を何度も何度も左馬介へぶつけた。

「ふん。おう。なんの」

大きすぎる動きの相手こそ、取り回しのしやすい鉄扇の得意とするところであった。川中島《かわなかじま》で馬上から斬りつけた上杉謙信を、床几《しょうぎ》に腰掛けたまま軍扇《ぐんせん》で受けた武田信玄の姿に憧れた左馬介の先祖が編み出した鉄扇術は、井田の攻撃をすべて受けきった。

「ふざけるな。認めぬ。それを武技だとは認めんぞ」

繰り出す一刀すべてを受けられた井田が、ますます興奮した。

「鉄扇ごと据えもの斬りにしてくれるわ」

ついに井田は怒りの頂点をこえ、動かない死体や兜《かぶと》を試し斬りする据えもの斬りの型を取った。

試し斬りでは相手は反撃してこない。据えもの斬りは、全身の力を太刀に送るため、防御を考えない構えになる。太刀を精一杯後ろに振りかぶり、腰を落として踏みだし足を半歩引く。そして腹一杯に吸った息を吐き出しながら、一気に太刀を振り落とす。決まれば人の身体を両断する威力をもつとはいえ、無防備に過ぎた。

「やあ」

井田が太刀を思いきり後ろに振りかぶった瞬間、左馬介は鉄扇をたたき付けた。

「がふっ」

首の根元に鉄扇の一撃を喰らった井田が力を失ったように崩れ落ちた。

「身体が動か……」

井田が左馬介を見上げた。

「骨を叩き折った」

鉄扇術の極意であった。人の急所を鉄扇の重さと固さで破壊する。首、こめかみ、人中《じんちゅう》、喉、胸骨、肝臓など一撃で人を死に至らしめる場所を打つ。

相手も避《よ》ける、こちらも十全な体勢とはかぎらないため、なかなか決まることのない必殺技が、井田の失策でなった。

「きさまさえおらねば、井田の家は続いたものを……」

死ぬまでのわずかな間に、井田は呪詛を左馬介へぶつけた。

「……一朗太《いちろうた》……すまぬ」

最期の言葉で詫びた井田の目から光が消えた。

「息子の名前か」

聞いてしまった左馬介が震えた。

二

命の値段は安い。

そのことをあらためて左馬介は知らされた。

旗本田野里の家臣井田との戦いは左馬介の勝ちで終えた。しかし、その最後の言葉が左馬介を苛《さいな》んでいた。

「子々孫々に責任のない浪人に先祖代々の禄を受け継いでいかねばならぬ侍の辛さがわかってたまるか」

刺客と化した井田を咎《とが》めつつ挑発した左馬介に、井田が厳しい表情で言い返した。

これが左馬介の心に影を落としていた。

「そんな顔でおられては、迷惑ですよ。こっちまで辛気《しんき》くさくなりますからね。今日は、一日外へ出ませんから、長屋にお戻りくださって結構でございまする。お休みをあげましょう。ただし、明日にはいつもの諌山さまでお出《い》でいただきますよ。それ以上、引きずられるようならば、お仕事をお辞めいただきます」

一夜明けても落ちこんだままの左馬介を分銅屋仁左衛門がたしなめた。

「すまぬ」

朝餉《あさげ》も喰わず、左馬介は長屋へと帰り、薄い夜具を被った。

昨夜も寝られなかったのに、まったく眠たくならない左馬介は夜具から顔を出して長屋の天井を見あげた。

長屋に天井板などという高級なものはない。大きな梁《はり》とそこから斜めに差し渡される横木を左馬介は見るともなしに見ていた。

「吾は一人の敵を倒したのではなく、何代も続く家系を滅ぼしたのか」

左馬介は独りごちた。

諌山家ももとをたどれば武士であった。父の代に藩財政不如意につき、永のお暇を賜るという理由で浪人させられた。ようは役立たずで無駄飯喰いだからと解雇されたのだ。

「おまえが望みを抱いてはいかぬゆえ」

こう言って父は、左馬介にどこの藩に仕えて、何役で何石もらっていたかは語らなかった。もっとも知ったところでどうなるものでもない。

「一族といえども冷たいものだぞ」

左馬介の母が病で亡くなった直後、親戚づきあいもしていない父が一度だけ寂しそうに言ったことがあった。

「石もて追われるのは辛い」

藩にいるだろう親戚も、浪人にまとわりつかれては迷惑でしかない。放逐されたばかりの父がどういう目に遭ったかは、その一言で知れた。

「誰も頼るな。己の才覚だけで生きよ。それがかなわなければ、死ねばいい。いずれ人は死ぬ。早いか遅いかだけの違いよ」

やはり病に倒れた父が、左馬介に遺《のこ》した教訓であった。

「医者にかかりさえすれば……」

左馬介が父の病を治そうと言ったとき、

「無駄なことをするな。医者にかかって薬をもらっても、一度限りだ。これからずっと薬を購《あがな》うことなどできぬ。穴の開いた桶《おけ》に水をいくら注ごうとも、水は漏れる。医者に払う金があれば、そなたのために使え」

父ははっきりと治療を拒んだ。

「浪人は一人で生きるものだ。侍とは違う。侍には寄りかかる木がある。その木が丈夫なあいだはいい。が、ひとたび枯れ始めるとそれにすべてを頼っている侍は痛い目を見る。そなたはどこかに仕官しようなどと考えるな」

よほど藩を放逐されたときのことが苦かったのか、父は最後の最後まで左馬介に己の才覚を大事にしろと訓示を垂れた。

「周りを気にせずに生きてこられたのは、父のお陰であった」

一人というのは寂しいものである。父を失った左馬介は、最初にそのことを思い知った。家に戻っても誰もいない。なにげない会話を交わす相手がない。ともに食事をする家族がいなくなった。

この寂寥《せきりよう》感は、まだ若かった左馬介を喪失の沼へと突き落とした。

だが、人は生きていかなければならない。寂しさに打ちひしがれても、腹は減る。その日暮らしだけに余力などなく、働かなければ明日には飢《かつ》える。

左馬介は外へ働きに出た。雇われれば、人と触れあう。

一日働いて、一日喰えるだけの金を稼ぐ。

生きるために働いているうちに日が過ぎ、父の喪失が当たり前になっていく。人は忘れる生きものなのだ。

「一カ月ほどだったかな。父のことを思わない日が出だした」

左馬介は己の変化を受け入れた。

「人は死ぬ。そして人は独りでも生きていかなければならない」

三カ月かからず、左馬介は悟った。

「己一人だけに責任をもてばいい」

明日どうなるかわからない浪人は、危機感に追われる。

「喰えなくなったら死ねばすむ」

と同時に、すべては一人の範囲で終われる。

左馬介は人とのかかわりを醒《さ》めた目で見るようになった。

それが左馬介の評判をよくした。

「他の浪人と違って、しつこくない。しっかり仕事はするが、後々までからんでくることはない」

浪人のなかには一度雇われた相手に、今日も仕事をくれとまとわりついたりする者もいる。酷《ひど》い者になれば、金をせびったりすることもある。

「あいにく、今日は人手がたりておりやす」

「そうか。では、またお願いしよう」

左馬介は断られたら、あっさりと引く。

「次はどこがあるかの」

無理なところで粘るより、次を探したほうが早いというのもあるが、別に忠義も親しみも相手に覚えていないのだ。

本来ならば、井田のこともその場で終わったはずであった。

命の遣り取りにも慣れた。

「居心地がよすぎたな」

左馬介は分銅屋をあらたな居場所にし始めていた。そして分銅屋仁左衛門や喜代、番頭、手代たちを受け入れていた。

居場所と周囲の人々を失いたくない。その思いが、剣術の達人であった井田を排除できた大きな要因であった。

一度勝てないとあきらめかけた左馬介を、分銅屋仁左衛門や喜代たちの顔が支えてくれた。

「守りたいと思った。ここで吾が倒れれば、その足で井田は分銅屋を襲う。そうなっては皆が危ない。それが井田を倒すだけの力になったのは確かだ」

左馬介は目を閉じた。井田との戦いがあざやかに蘇《よみがえ》った。

「鉄扇は自ら攻撃をする技ではない。守りに徹したものだ。もし、刀で立ち向かっていたならば、抗う間もなく斬られていただろう」

井田の技量は、左馬介の及ぶところではなかった。技の疾さ、一撃の重さ、隙のなさ、どれをとっても勝てない。

寸が短く取り回しのしやすい鉄扇だからこそ、受けられた。だが、受けはあくまでも被害を受けないためのものでしかなく、相手に危害を加えることはできない。

攻撃に出ず、守りに徹する。聞こえはいいが、これは確実に破綻する。なぜならば、左馬介は、もう修練をしていないからだ。

武術の修練というのは、金を生まない。どれだけ素振りをしようが、道場に通って稽古を積もうが、一文も手には入ってこないどころか、余分に腹が減る。

結局、左馬介が鉄扇術に没頭したのは父が生きていて、金を稼がずとも生きていけたころだけであった。

己で生計を立てるようになれば、無駄に疲れる稽古ではなく、左官の土こね、大工の下働きを選ぶ。

結果、鉄扇を振るのは、雨が降ったりして日雇いの仕事にあぶれたときなど、暇つぶし代わりとなった。

そのていどでは稽古になるはずもなく、若かったころの体力は維持できない。長く戦っていれば、息切れをしてしまう。

左馬介の負けは最初から決まっていた。それが覆ったのは、分銅屋の皆への思い入れだった。

「勝てた」

鉄扇が井田の首の骨を砕いた。

「家がなにより大事なのが侍。命がなにより大事なのが浪人。金がなにより大事なのが商人……」

左馬介は大きく息を吐いた。

「うっとうしいな」

どこからか不機嫌な女の声がした。

「誰だ」

いかに落ちこんでいても、不審者がいるとわかれば対応する。左馬介は死にたいわけではない。

「………」

天井の梁から白い顔が出た。

「村垣《むらがき》どの……」

よく見知った顔に左馬介は驚いた。

「動くな」

釘《くぎ》を刺してから、村垣伊勢《いせ》が梁から飛び降りてきた。

「おおう」

寝ている頭のすぐ側に、落ちてきた村垣伊勢に左馬介が絶句した。

「このていどで、おたつくな。情けない」

村垣伊勢が左馬介を叱った。

「いや、いくらなんでも危ないだろう」

「男が昼間からなにを思い悩んでいる。それほど衝撃だったのか。吾が手で人を殺したことが」

左馬介の抗議を村垣伊勢が無視した。

「……どうしてそれを。まさか」

「見張っていただけではないぞ。おまえを一日見ているほど、暇ではない」

左馬介の疑問を村垣伊勢が否定した。

「風呂へ行ったであろう」

「行った」

風呂は入らなければ入らないで困らない。周囲は匂いなどで迷惑を蒙《こうむ》っているかも知れないが、本人にはわからない。その日暮らしの浪人にとって、風呂屋へ行くよりその金で米を買うほうが重要なのだ。

しかし、一度風呂に入る癖が付くと、入らないでは居られなくなる。一日入らないだけで、なにか身体がべたつく気がしてくる。

左馬介にとって風呂はもうなくてはならぬものになっていた。

「ちょうど私も風呂だったのだ」

村垣伊勢の世を忍ぶ姿は柳橋《やなぎばし》の芸者である。芸者は座敷に出る前に、かならず風呂屋へ行く。客に汚いと思われては、次の座敷がかからない。

「というより、ほんの少しだけ、私のほうが風呂屋を出るのが遅かった。ゆえにおまえは気づかなかったのだろう。あの井田とかいった刺客もな」

村垣伊勢が説明した。

「風呂屋を出てみれば、おまえの後を付ける侍がいる。で、様子を見ていたのだが……」

心底あきれたという顔で村垣伊勢が左馬介を見た。

「あれだけ殺気をだだ流しにしている敵を背中に感じていたのだろう。その後ろにも気を配れ」

「………………」

付けてくる井田に集中していた左馬介は、それ以外を気にもしていなかった。

「よくそれで生き残ったものだ」

「それは思う」

負けていて当然であった。

村垣伊勢の指摘に左馬介は同意した。

「必死に戦って生き延びた。それになんの不満がある」

村垣伊勢が険しい声で問うた。

「家を一つ絶やしてしまった」

左馬介はうつむいた。

「ふん。ずいぶんとお偉いことを言うの。なにさまのつもりだ」

村垣伊勢が鼻先で左馬介を嗤《わら》った。

「しかし、侍はなにもなければ子々孫々まで禄をもらえ、代を継いでいける。それを拙者は潰した」

「当たり前のことだろう。弱者は強者によって滅ぼされる。それが世のなかの理《ことわり》である」

悩む左馬介に、村垣伊勢が告げた。

「商いでもそうだ。商売が重複すれば、どちらもが流行《はや》るということはない。かならずどちらかが儲け、もう一方は衰退する。芸者でも同じよ。売れている芸者がいれば、枕にはべらなければ食べていけない芸者もいる。勝者がいれば敗者がいる。その最たる者が侍よ」

一度村垣伊勢が言葉を切った。

「そもそも侍とはなんだ」

「主君に仕え、禄をもらっている者だ」

訊かれた左馬介が応じた。

「違うな。それでは武家に仕える小者も入るだろう。侍とは戦う者だ」

村垣伊勢が首を横に振った。

「戦って勝った者が侍になり、負けた者は死者になった」

「それは大雑把にすぎぬか」

負けても生き残っている者は多い。

「おまえにもわかるよう、簡潔にしているのだ」

文句を言うなと村垣伊勢が、左馬介を小突いた。

「侍のすべてとは言わぬが、そのほとんどは敵を倒して禄を得た」

「それはそうだな」

浪人したことで侍を憎んだ父は、諫山家の由来をいっさい口にしなかった。とはいえ、名字があるのだ。侍として禄を食《は》んでいたことはまちがいない。

「ならば、倒されることもあるとの覚悟はできているだろう」

村垣伊勢が述べた。

「いやそれは違うだろう。もう戦国は終わった。戦いなどないのだぞ」

「常在戦場《じょうざいせんじょう》、そうでない者は侍ではない」

「また極端なことを」

断言する村垣伊勢に、左馬介は嘆息した。

「今どき、そんなことを考えているのは、おぬしたちお庭番だけだぞ」

「……それだけに哀しい」

村垣伊勢が肩を落とした。

「上様のことを考えているのは、大岡出雲守さまと田沼主殿頭《とのものかみ》さまだけだ」

「天下の将軍さまの忠臣が二人とは……」

左馬介は愕然《がくぜん》とした。

「手柄を立てずとも、いやなにもしなくても禄はもらえる。これが侍を腐らせた」

村垣伊勢が悄然《しょうぜん》と言った。

「明日の米が当たり前になる……か」

浪人にとって夢のような話である。思わず左馬介は呟《つぶや》いた。

「当たり前になってしまった。だからこそ、あの井田の恨み言になる」

村垣伊勢が話を戻した。

「…………」

左馬介は黙った。

「禄の保障などどこにもないと気づいておらぬ。いや、侍の本質を忘れたからこそその台詞《せりふ》である」

吐き捨てるように村垣伊勢が言った。

「侍は敵を倒して禄を得てきた。ならば、己が敵として倒されるときもあると理解していなければならぬ。己の首が敵の禄になるとな。それをあやつはわかっていなかった。覚悟のないまねをしたのだ」

村垣伊勢が井田を罵った。

「……すまんな」

左馬介は村垣伊勢に頭《こうべ》を垂れた。

「………」

村垣伊勢が左馬介から目を逸らした。

「気が楽になった。そうだな。侍は首を獲《と》られることを前提に生きねばならぬ。そうわかると浪人は気楽でいい」

左馬介は笑った。

「気楽にはさせぬぞ。おまえには田沼主殿頭さまの手伝いをさせねばならぬのだからな。昼間から寝ていられるなどと思うなよ」

「もらう金の分は働くさ」

真顔で要求する村垣伊勢に、左馬介は告げた。

「ふん」

不満そうな顔を見せた村垣伊勢が、部屋に置かれている箪笥《たんす》を台代わりにして、梁へと跳びあがった。

「……ほう」

着物の裾を乱すこともなく、やってのけた村垣伊勢に左馬介は感嘆した。

「現金なものだ。もう、残念だと思っている」

白い臑を見損ねたことを左馬介は惜しんだ。

三

町奉行所には月番と非番があった。

月番は大門を大きく開け、町人の訴訟を取り扱う。非番は大門を閉じ、出入りは潜《くぐり》戸《ど》だけに制限はするが休みではない。継続審議や月番時に取り扱った事件の探索などをおこなっている。また、定町廻《じょうまちまわ》り同心は南北合わせて十二人しかいないこともあり、非番であろうとも担当区域の巡回を休むことはない。

「旦那、旦那」

非番の南町奉行所同心佐藤猪之助《いのすけ》のもとへ、浅草《あさくさ》の大川沿いから東今戸《いまど》あたりまでを縄張りとする御用聞きの五輪《いつわ》の与吉《よきち》が駆けこんできた。

「なんでえ、朝っぱらから。こちとら昨夜の酒がまだ残っていて、頭が痛《い》てえというのによ。騒がしいぞ」

佐藤猪之助が額にしわを寄せた。

「そいつは、申しわけござんせん」

手札をくれている同心の機嫌を御用聞きは決して損ねない。用件がどれほど切羽詰まったものであっても、まずは頭をさげる。

「まったくよお、たまらねえ。で、どうした、ずいぶんと慌てているようだが」

なにがあったと佐藤猪之助が五輪の与吉に尋ねた。

「人死にが出やした。殺しでござんす」

五輪の与吉が告げた。

「縄張り内か」

佐藤猪之助が確認した。

「へい。吾妻橋《あずまばし》の手前、浅草材木町でござんす」

「橋のこちら側か。ちっ、向こうに渡って死んでくれればいいものを」

聞いた佐藤猪之助が舌打ちをした。

「仕方ねえな。仏はどこにある」

「材木町の自身番に引き取っておりやす」

五輪の与吉が答えた。

「行くぞ」

文句を言った割には、躊躇《ちゅうちょ》することなく佐藤猪之助が奉行所を出た。

浅草材木町は浅草寺と大川までの間にあり、その名の通り材木問屋が多く軒を並べていた。火事の多い江戸は、普請の需要が絶えずあり、大量の材木が蓄えられていた。

浅草材木町には、その置き場もある。

「邪魔するぜ」

「こいつは佐藤の旦那。ようこそのお見えで」

自身番に入った佐藤猪之助を番太郎が出迎えた。

「仏は……それか。おい、与吉」

「へい」

佐藤猪之助に命じられた五輪の与吉が、死体に掛けられていた薦《こも》を捲《めく》った。戸板に乗せられていたのは、井田の死体であった。

「侍けえ」

身分によって身形《みなり》や髷《まげ》の形に特徴が出る。一目で佐藤猪之助が見抜いた。

「ふううん。背中を向けな」

一通り仰向《あおむ》けの井田を見た後、佐藤猪之助が合図した。

「……どうぞ」

番太郎と二人で五輪の与吉が井田を傾けるようにして、背中を佐藤猪之助へ向けた。

「もういいぜ。斬り傷はねえな」

佐藤猪之助が手を振った。

「となると……この首のところか」

腰を落として、佐藤猪之助が井田の首筋を触った。

「色が変わっていると思ったら、やっぱり骨が砕かれてやがるな」

佐藤猪之助が顔をしかめた。

「撲殺でござんすか」

番太郎が身体を震わせた。

「だろうな。仏の持ちものはどこだ」

「こちらに置いておりまする」

問われた番太郎が、自身番の板の間を示した。

「……両刀と懐中物は紙入れと懐紙だけか」

「身許《みもと》のわかるようなものはございやせん」

五輪の与吉が首を横に振った。

「太刀は抜いていたのだな」

両刀も板の間に置かれていたが、太刀は鞘《さや》から出た状態で並べられていた。

「へい」

「戦っていたか。刃に曇りはねえ。相手に傷も負わせてないと」

素早く佐藤猪之助が刀をあらためた。

「紙入れの中身は無事けえ」

物盗《ものと》り強盗を佐藤猪之助が疑った。

「無事というか、なんというか」

曖昧な返答を五輪の与吉がした。

「なんでえ、はっきりしねえな」

「紙入れに金は入っていやしたが……波銭《なみせん》が四枚だけしかございやせん。小判や分金を持って行かれたんじゃねえかと」

五輪の与吉が首をかしげた。

波銭とは、裏に波形の模様のある銭のことで、四文として通用した。

「十六文……物盗りじゃねえな」

佐藤猪之助が断言した。

「物盗りなら、紙入れごと持っていくさ。十六文とはいえ見逃しはしねえ。これが六文、あるいは波銭一枚だけというなら、三途《さんず》の川の渡し賃とも取れるがな」

「ですが、旦那。十六文なんて、長屋の小せがれでも持ってやすぜ」

納得いかないと五輪の与吉が口にした。

「身形から見ると、直参《じきさん》じゃなさそうだ。どこぞの大名の家臣、陪臣《またもの》だろう。衣服もかなりくたびれている。鞘もはげちゃいねえが、漆にひびが出ている。小身者に違いねえ。数十石取りくらいの陪臣なんぞ、長屋の居職《いじょく》より金に縁がない」

佐藤猪之助が説明した。

居職とは、家で細工物を作ったり、傘張りをしたりする職人のことだ。出職《でしょく》と言われる人足や大工、左官に比べて雨風の影響を受けず、毎日でも仕事ができるからか、一日当たりの手当は少ない。それよりも武家は貧しいと佐藤猪之助が言った。

「親分」

そこへ五輪の与吉の配下が自身番に姿を見せた。

「五郎太か。旦那がお見えだ。まずはご挨拶をしねえか」

慌ただしい配下を五輪の与吉が叱った。

「佐藤の旦那、ご無礼をいたしやした」

五郎太と呼ばれた配下が、急いで腰を折った。

「かまわねえよ。聞きこみをしてきたんだな」

「へい。親分の言いつけで、朝から材木町をうろつきやして、いくつかおもしろい話を耳にしやした」

佐藤猪之助に促された五郎太が首肯した。

「言いな」

「材木屋の手代から聞いた話でござんすが、七つ（午後四時）すぎ、店の裏の材木置き場でなにやら人の争うような気配がしたと」

「確かめにいかなかったのか、そいつは」

「人足の喧嘩だと思って、巻きこまれてはたまらないと無視したそうで」

「役に立たねえな。で、他には」

「……親分」

佐藤猪之助の急《せ》かしに、五郎太が五輪の与吉を見た。

「かまわねえ。旦那に隠しごとはするな」

「すいやせん。船饅頭《ふなまんじゅう》から聞きだしたもので」

五郎太が、佐藤猪之助に詫びた。

船饅頭とは、河岸に繋《つな》いだ船に男を引っ張りこむ遊女のことだ。茣蓙《ござ》一枚で客を待つ夜鷹《よたか》よりは高級といえるが、ひとしきり六十四文から百二十文ほどと安く、吉原はもちろん、岡場所でも客が付かないようなくたびれた遊女ばかりであった。

「船饅頭は御法度だなどと、固いことは言いやしねえよ」

佐藤猪之助が苦笑した。

江戸で遊女は吉原以外認められていなかった。夜鷹も船饅頭も町方が取り締まるべき対象だが、捕まえたところで手柄にもならない。岡場所のように客を多く取り、吉原を圧迫するくらいになれば町奉行所も見過ごせないが、生きるために身体を売っている女を追い詰めるのは気持ちのいいものではなかった。

「すいやせん。手入れしねえという条件で話をさせたもので」

もう一度五郎太が頭を垂れた。

「その船饅頭が、客待ちをしているときに二人の侍が争っているのを見たと」

「侍同士だと」

五郎太の話に、佐藤猪之助が驚いた。

「刀傷なんぞなかっただろう」

「へい」

確かめるように見た佐藤猪之助に五輪の与吉がうなずいた。

「侍同士だと斬り合いになるはずだ……まさか」

顔色を変えた佐藤猪之助が、井田の死体へと近づいた。

「……少し太い」

傷口をじっくりと観察した佐藤猪之助がほっと息を吐《つ》いた。

「どうなさったんで、旦那」

五輪の与吉が訊いた。

「侍同士で、撲殺とくれば……」

佐藤猪之助が右手を背中に回し、帯に挟んであった十手《じって》を取り出した。

「お町の旦那が、これを」

意味を悟った五輪の与吉が絶句した。

「そうじゃねえかと思ったが、十手より太いものだな、凶器は。刀の腹くらいの太さはある。ああ、刀を横にして殴ったんじゃねえぞ。そうだと刃による傷が残る。叩いただけで、斬ったわけじゃねえが、刃のあたったところは切れるからな」

「……そいつはよござんした」

否定した佐藤猪之助に五輪の与吉が安堵した。

「侍姿で刀じゃない、木か鉄の棒を遣う野郎か」

顎に手を当てた佐藤猪之助が思案した。

「探せ」

「お任せを」

佐藤猪之助の指示に、五輪の与吉が首を縦に振った。

火事と喧嘩は江戸の華と言われる。それだけ騒動は多い。とくに喧嘩沙汰は、気の荒い職人たちにとっては日常茶飯事である。

「なんだとてめえ、もう一回言ってみやがれ」

「ああ、何度でも言ってやらあ。この唐変木が」

些細《ささい》なことで言い合いが始まり、それがすぐに殴り合いになる。

「やっちまえ」

「いけ、いけ。蹴り倒せ」

それをまた周囲の者がはやし立てる。こうして喧嘩は大きくなっていく。

江戸で喧嘩は珍しいものではなく、噂にもならなかった。

しかし、人殺しとなると別であった。

「浅草材木町で侍の死体が見つかった」

「下手人は侍らしい」

佐藤猪之助が動き出した翌日には、江戸中で話題になっていた。

「……しくじりましたね」

すぐにその殺された侍が、田野里の家臣だと加賀屋は気づいた。

「まったく偉そうな顔をしておきながら……」

加賀屋は田野里を罵った。

「今どきの武士なんぞ、ただの無駄飯喰いでしかないというのに、矜持だけは一人前に高いんだから始末に負えない」

吐き捨てるように加賀屋が言った。

「一応、旗本の家臣だから町方も口出しできないだろうけど、このままだとちとまずいか。おまえの言うとおりにしたら大事な家臣が死んだではないか。その弁済として借財をなかったものにしろと言いだしかねないねえ。失敗したことは棚上げにして

「……」

加賀屋が苦い顔をした。

「向こうからの呼びだしは無視すればいいけど、いつまでも逃げてはいられないだろう。田野里にしたら借財がどうなるかという瀬戸際だから」

刺客を依頼したのは加賀屋なのだ。田野里に弱みを握られたも同然である。話がうまくいっていれば、等価交換で借財を減らしてことは終わった。田野里からしても、表沙汰にできないだけに、欲を掻きすぎるのはまずい。加賀屋は分銅屋仁左衛門を排除でき、田野里は借財を整理できる。どちらも得をして互いに口をつぐむ。それで終わった話が、一方的に田野里が損をした。そこを田野里が突いてくるのはまちがいなかった。

「家臣が巷《ちまた》で死んで、骸《むくろ》を晒《さら》した。旗本としたら恥でしかないからねえ。たぶん、知らん顔をするんだろう」

旗本は目付によって監察されている。なにかあれば目付の手が入る。役目に就いている間は親兄弟とのつきあいも断つという目付は峻厳《しゅんげん》で知られている。一度調査に入れば、それこそ先祖代々の悪事まで遡《さかのぼ》る。三代前の失策で取りつぶされた家もあると言われているくらいなのだ。旗本にとって目付は鬼門であった。

「ほとぼりがさめてから、わたしに苦情を言ってくるだろう。それを断ったら、面倒をしかねない。あの殿さまは、あまり賢いほうじゃないからねえ。賢かったら、借財の帳消しを目の前に吊《つる》されても、ばれたら家ごと潰される刺客なんぞを引き受けはしないからねえ」

加賀屋がなんともいえない顔をした。

「そうなる前に、田野里をどうにかしなきゃいけないね。ご老中本多《ほんだ》伯耆守《ほうきのかみ》さまの御用人稲垣さまにお願いするか。先日、吉原での宴席の代金分貸しがある」

田沼主殿頭への対応を稲垣から本多伯耆守へ求めたが、それをするより早く、九代将軍家重の庇護《ひご》が出された。お陰で老中本多伯耆守も田沼主殿頭をどうこうすることができなくなっていた。

「田野里をどこぞの遠方へ出してもらおう。できれば江戸へ戻るにも苦労するところがいいけど……そのあたりは稲垣さまに任せるとするしかないねえ」

幕府の役人というのは、いろいろとややこしいしきたりのなかにある。代々の家柄が番方ならば、勘定方に就くことはできないとか、この役を何年以上しないとこちらに転じるわけにはいかないとか、手慣れた奥右筆《おくゆうひつ》でなければわからない。いかに加賀屋が札差として多くの旗本を仕切っているとはいえ、そういう慣例には口出しができなかった。

「手紙だけでいいね。顔を合わせるとなれば、また宴席を設けなきゃいけなくなる。毎度毎度接待をしているわけにもいかない。くせになる」

加賀屋が筆を取った。

四

村垣伊勢のお陰で落ち着いた左馬介は、一眠りした後分銅屋へ出向いた。

「よろしくお願いしますよ」

入ってきた左馬介の顔つきを見ただけで、分銅屋仁左衛門がうなずいた。

「迷惑をかけた」

「本当ですよ。次はなしにしていただきますから」

頭をさげた左馬介に、分銅屋仁左衛門が笑った。

「無理はございませんがね。人を一人死なせたわけでございますから」

「……思い出させないでいただきたい」

分銅屋仁左衛門に左馬介は文句を付けた。

「これは申しわけないことをいたしました」

大きく分銅屋仁左衛門が手を振った。

「ですが、しばらくはおつきあいいただきますよ」

分銅屋仁左衛門が真剣な顔をした。

「なんであろう」

左馬介が緊張した。

「昨日の御仁でございますが、諫山さまのお知り合いではございませんな」

「違うな。親の代からの浪人だ。立派な侍に知り合いなどおらぬ。親戚とのつきあいもまったくない」

強く左馬介が否定した。

「どのようなことを言ってましたか」

「あの侍か。名前と恨み言しか覚えておらぬ……」

首を振りかけて、左馬介は思い出そうとした。

「そういえば、最初に声をかけてきたとき、分銅屋の用心棒だなと確認をしてきた」

「……さようですか」

聞いた分銅屋仁左衛門が表情を険しいものにした。

「他になにか気づいたことはございますか」

分銅屋仁左衛門が、さらに問うた。

「剣の腕はたった。あれはしっかりと修業を積んだ者の動きであった」

滑るように腰を上下させず、間合いを詰めてきた動きは、剣については初心者以下の左馬介でもわかるほど見事なものであった。

「なるほど。誰に頼まれたとかは言ってませんでしたか」

「……ううむ、そういうのはなかったと思う」

確かめる分銅屋仁左衛門に、左馬介が首を左右に振った。

「そこまで甘くはございませんでしたか」

分銅屋仁左衛門が苦笑した。

「そういえば、恨み言のなかに、金のためにこのようなまねをせねばならなくなったというのがあった。主君の命だというような話もあった」

「ほう」

語った左馬介に、分銅屋仁左衛門が厳しい目をした。

「ということは主家が借財にまみれている」

「そういった感じは受けたな」

戦う前に、井田が情けないと嘆息していたのを左馬介は鮮やかに思い出した。

「やはり加賀屋ですか、裏は」

分銅屋仁左衛門が怒りを見せた。

「……確実なのか。加賀屋以外の敵もいるぞ」

左馬介は先夜、分銅屋へ押しこもうとした侍のことを口にした。

「あれは別口でございましょう。おそらくは田沼主殿頭のかかわり」

「主殿頭さまのか」

左馬介が目を大きくした。

「米を金に代える。八代将軍吉宗さまでさえ叶《かな》わなかった大事でございますよ。それをお側御用取次という要職にあるとはいえ、田沼主殿頭さまがすんなりと果たせるはずはございません」

分銅屋仁左衛門が続けた。

「それに金は武家にとって卑しいもの。武士を商人に貶《おとし》めるつもりかという反発はかならず出ますよ」

「金は大事なのだがなあ。金がなければ、生きていけぬ。米を禄でもらっている侍も、それを売って金に換えて、他のものを手に入れているというに。今さら、金は卑しいも、商人ごときがどうのこうのもないと思うがの」

　しみじみと左馬介が言った。

「そう思うのは、諫山さまが侍ではないからでございますよ」

「……浪人だからな」

　少しだけ間を空けて左馬介は同意した。

「ご心配なさいますな。もし、金が世のなかの中心になったら、武家は滅びますよ。代わって庶民が出てくる。その庶民には浪人も含まれますから」

　分銅屋仁左衛門が、侍ではないと言われ、矜持を傷つけられた左馬介を慰めた。

「拙者の生きている間に、そうなればありがたいがな」

　左馬介が苦い顔をした。

「そうするために、田沼主殿頭さまやわたくしが頑張っているわけでございますから、諫山さまも働いてもらわないと困ります」

「わかっているが、拙者にできることなど知れておるぞ。せいぜいが米俵を運ぶことか、案山子《かかし》ていどの用心棒。それ以上は望まんでくれ」

「そこまでの金はもらっていませんか」

　皮肉げな笑いを分銅屋仁左衛門が浮かべた。

「ああ。用心棒としては破格な待遇をしてもらっているが、命は金で買えぬ。仕事ゆえ、店と分銅屋どのは守るが、それ以上は勘弁してくれ。加賀屋を殺してこいなどと言われたら辞めさせてもらう」

はっきりと左馬介が告げた。

「ご安心を。わたくしはそんな裏の手を使う気はございません。御法度に従って参りますよ。町奉行所に目を付けられてはたまったものではございませんからね」

分銅屋仁左衛門が宣言した。

町奉行所の御用聞きというのは、縄張りについて詳しい。それこそ、どこの家の猫が子を産んだから、どこの女将《おかみ》と出入りの職人ができているまで知っている。これは多くの下っ引きという配下を使って、町内の噂を集めているからである。

しかし、それは縄張りのなかのことで、一歩出るとまったくなにもわからない状況になった。

「町内の町道場は全部訊いて参りやした」

「他所《よそ》けえ。面倒だな」

下っ引きの報告に、五輪の与吉がため息を吐いた。

「仕方ねえ。話を通すかあ」

嫌々五輪の与吉が腰をあげた。

御用聞きには縄張りがある。その縄張りをこえて調べをするときは、そこの御用聞きに挨拶をするのが決まりであった。

挨拶なしに聞きこみをしたら、たちまちしっぺ返しを受けた。不審者として手下を捕まえて大番屋へ突き出されるならまだしも、手札をくれている町奉行所の同心を通じて、こちらの旦那である同心へ苦情を持ちこまれるときもある。

どちらも縄張りを侵した御用聞きが、平謝りしたうえで、怒らせた相手の弟分になるなどの詫びが要った。

「よし、話は付けた。さっさと行きやがれ」

手土産《てみやげ》を持ち、縄張り近くの御用聞きへ話を通した五輪の与吉が、下っ引きをもう一度走らせた。

「へい」

下っ引きたちが散った。

挨拶をしたからといって、地元の御用聞きは無償で手伝ってくれることはない。手伝って下手人をあげさせてはまずい事態になった。

近隣に人望の厚い御用聞きができると、評判を聞いた縄張りうちの商家がそちらへつきあいを求めかねない。御用聞きの縄張りなど、あってないようなものでしかなく、つきあっている商家の数で変化する。

なにより、縄張りのなかの商家は御用聞きへ金をくれるありがたい相手なのだ。得意先がなくなれば、収入は減る。金がなくなれば、下っ引きの面倒も見られなくなる。こうなれば御用聞きは廃業するしかなくなった。

挨拶を受ければ、縄張りをこえての探索は許すが、決して手助けはしない。どころか、酷い御用聞きになると陰で足を引っ張るくらいはしてくる。

五輪の与吉の焦りを他所に、下っ引きの探索は遅々として進まなかった。

「埒があかねえ」

我慢しきれなくなった五輪の与吉が探索に加わった。

「まだ行ってねえところはどこだ」

五輪の与吉が下っ引きの動きを確かめ、手つかずの浅草門前町の南西へと足を向けた。

「……ありがとうさんで」

「お邪魔をいたしやした」

親分が出向いたからといって、いきなり状況は好転しない。それでも人手が一人でも増えたことは、その分の進捗《しんちょく》を見せた。

「微塵流坪井《みじんりゅうつぼい》道場……小ぎたねえところだな」

五輪の与吉が、浅草寺からかなり南に入った辻で、小さな道場を見かけた。

「ついでだ……ごめんを」

つぶやいた五輪の与吉が、道場の門を潜った。

「どおれ。ご入門の方かの」

最近は武家よりも町人のほうが剣術をしたがる。出てきた道場主坪井一乱《いちらん》が、五輪の与吉を見て問うた。

「違いやす。あっしは南町奉行所同心佐藤猪之助さまから手札をいただいている御用聞きの与吉と申しやす」

「親分さんか。あまり見かけぬな」

「縄張り外とはわかっておりやすが、お調べの件で出張《でば》っておりやして」

首をかしげた坪井一乱に、五輪の与吉が応じた。

「御用でござるか。それはご苦労でござる」

坪井一乱が形だけのねぎらいを口にした。

「少し聞かせてもらっても」

道場主は浪人でも、武家に近い扱いを受ける。五輪の与吉がていねいな口調で尋ねた。

「なにかの」

「幅二寸（約六センチメートル）弱ほどの鉄あるいは堅木《けんぼく》を使う武術にお心当たりは」

質問を受けると言った坪井一乱に、五輪の与吉が訊いた。

「刃は付いてないのでござるな」

「付いておりやせん」

五輪の与吉が首肯した。

「ならば、流派によって長さや太さに違いはござるが、杖術《じょうじゅつ》はいかがかな。この辺りにも道場はござる」

「杖術はすでに調べておりやして」

「さようでござるか。とあれば、十手術……幅が細いな」

言いかけて坪井一乱が自ら否定した。

「他にはございやせんか」

「槍《そう》術、薙刀《なぎなた》術ではござらぬか。穂先ではなく、柄《え》や石突きを使えば、杖と同じような一撃が出せますぞ」

「なるほど」

五輪の与吉が手を打った。

「他には思いつかれやせんか」

「……他に……むうう。あっ」

さらにと求められた坪井一乱が思い出した。

「ござんすか」

ぐっと五輪の与吉が身を乗り出した。

「あるといえばあるのでござろうが……」

坪井一乱が口ごもった。

「教えていただけやすか」

五輪の与吉が急かした。

「鉄扇術と申すものがござる」

「そいつはどういったもので」

「骨とか紙の部分が鉄でできている扇を使うものらしい」

「鉄でできた扇子でござんすか」

「うむ。鉄だからかなり重い。刀と打ち合うこともできるらしい」

　坪井一乱が告げた。

「それだ」

　大きく五輪の与吉がうなずいた。

「どこに道場はござんすか。あるいは名の知れた遣い手とかがいたら、お教えいただきたい」

　勢いよく五輪の与吉が訊いた。

「あいにく、それを教える道場などは聞いたこともござらぬ。鉄扇術自体が珍しいゆえな。剣術道場仲間でも話題になることさえない」

　小さく坪井一乱が首を振った。

「道場がない」

　五輪の与吉が愕然とした。

「道場といえども商売じゃでな。弟子がこなければやっていけぬ」

「それはわかりますがね。そこまで鉄扇術というやつは、人気がないと」

　坪井一乱の意見に五輪の与吉が同意しつつ、確かめた。

「ないだろうなあ。剣に比べて間合いが短い。相手の太刀は届いても、こちらの鉄扇はかすりもしない。相手の剣の下を潜らなければ攻撃できない。これは怖いぞ。それこそ宮本武蔵のような名人でもなければ、満足に遣えまい」

「刃の下を潜らなければならない……そいつは怖いでやすね。十手も同じでござんす」

五輪の与吉が十手を出して見せた。

「であろう。おぬしのような御上の御用を承る者でもなければ、十手術など習おうとは思うまい」

「まったくで」

坪井一乱の言葉に、五輪の与吉が同意した。

「せっかく、当たりかと思ったのに……」

五輪の与吉が落胆した。

「親分、鉄扇術がどうかいたしたのかの」

なんのための調べかと坪井一乱が尋ねた。

「聞こえてやせんか、浅草材木町で人殺しがあったことを」

五輪の与吉が答えた。

「そういえば、数日前弟子がそのようなことを申していたような気がするが、よくは覚えておらぬ」

坪井一乱が記憶があいまいだと首をかしげた。

「ご存じない。さすがは道場のお方だ。名人上手と言われるお方は、どこか浮世離れしておられやすな。風呂屋や髪結い床で大いに話題でございますよ」

五輪の与吉が感心した。

「いや、風呂屋に行く金も、髪を結う余裕もないでな。それに今、編み出そうとしている技があっての。他のことまで気が回らぬのだ」

浮世離れしていると言われた坪井一乱が頭を横に振った。

「その人殺しの道具が、鉄か木の塊なんで」

「ああ、それで鉄扇術ではないかと考えたのか。理解いたした」

坪井一乱が納得した。

「いろいろとありがとう存じました。お陰で少し先が見えてきやした。またのときはお力添えをお願いしやす」

礼を述べて五輪の与吉が去っていった。

「……これでよかったのかの。どうやらあの分銅屋どのの係人《かかりうど》がかかわっておるようじゃ。名前もなにも匂いさえさせなかったつもりだが……」

道場の入り口で坪井一乱が難しい顔をした。

「どうするかの。巻きこまれぬように知らぬ顔をするというのが無難であろうが、一日しか来ておらぬとはいえ、束脩《そくしゅう》をもらった限りは弟子じゃしなあ。弟子を見捨てるというのは、いささか気が重い」

坪井一乱が悩んだ。

「なにより、実戦を経験したのだろう。その様子を聞きたい」

天下泰平の世で、真剣での斬り合いなどできるわけもない。それこそ盗賊か辻斬りに偶然出会いでもしなければ、人を斬ることなどできないのだ。

「諫山どのだけでなく、分銅屋にもかかわりはありそうじゃ。金のある分銅屋に恩を売るのも悪くはなかろう」

打算に押された坪井一乱が道場を後にした。

道場から出た坪井一乱を一組の目が見張っていた。

「鉄扇術を口にするとき、妙な間があった。念のためにと思ったら、大当たりだったようだぜ」

少し離れた辻角で五輪の与吉が見張っていた。

「どこへいきやがる」

五輪の与吉が、坪井一乱の後を付けた。

浅草寺門前町は人通りが多い。お上《のぼ》りさんよろしくぼうっと歩いていたら、行き交う人と身体がぶつかる。少し離れると後を付けるのも難しいが、尾行の気配を感じ取られる心配はない。

人混みを逆に利用して、五輪の与吉は坪井一乱の姿が分銅屋へ吸い込まれていくのを見て取った。

「両替屋……」

節季ごとに二分か一分を束脩として受け取れれば御《おん》の字の貧乏道場とは、もっとも縁のない商売である。

五輪の与吉は首をかしげた。

「客ならば、店先にいるはずだ」

何百両ともなれば、店の奥へ案内されてということもあるが、一両、一分などの少額の場合は、店先で取引する。

分銅屋へ近づいた五輪の与吉が、さりげない風を装いながら、暖簾《のれん》の隙間から店のなかを覗きこんだ。

「……いねえ」

五輪の与吉の目が光った。店先に坪井一乱の姿はなかった。

「なかへ通されたな。分銅屋に会いにいきやがったな。こいつは……旦那にいいお報《しら》せができそうだ」

ようやく手がかりを得たと五輪の与吉が歓喜の声をあげた。

第三章　伸びる手

一

「分銅屋どのはお出《い》でかの。坪井一乱がお目にかかりたいとお伝えいただけまいか」

分銅屋の暖簾《のれん》を潜った坪井一乱は、番頭に用件を話し、取次を求めた。

「お待ちを」

小汚い坪井一乱の身形《みなり》にも侮《あなど》らず、番頭はていねいに一礼して奥へと消えた。

「坪井先生がお見えかい。いいよ、ここへお通ししておくれ」

「どうぞ、お通りを」

分銅屋仁左衛門の許可を得た番頭が店へ戻り、坪井一乱を奥へと案内した。

「坪井先生、ようこそのお出でで」

分銅屋仁左衛門が坪井一乱を迎えた。

「先日はお気遣いをいただき、かたじけなく」

左馬介入門のときの束脩《そくしゅう》の礼を坪井一乱が最初に述べた。

「いえいえ。こちらこそお世話になっております」

面倒な癖の付いた左馬介の指導を引き受けてくれたのは坪井一乱である。分銅屋仁左衛門も頭を垂れた。

「ついにできましたか」

坪井一乱は鉄扇《てっせん》術で完成されてしまった左馬介にどうやって剣術を仕込むかを考案していた。その方法を考えついたとの報告だろうと分銅屋仁左衛門は思いこんでいた。

「あいにく、まだ満足はいっておりませぬ」

坪井一乱が首を左右に振った。

「では、いかがなさいました。束脩はすでにお支払いいたしておりますが」

剣術などの武芸の謝礼は、節季ごとが慣例となっている。最近、月初め払いというところも出だしたが、坪井道場は従来の節季払いのままであった。

「諫山氏《うじ》はお出でか」

「はい。今は裏で控えてもらっておりますが」

問われた分銅屋仁左衛門が答えた。

「…………」

坪井一乱が沈黙した。

「諫山さまがなにか。ご遠慮なく」

分銅屋仁左衛門が坪井一乱を促した。

「……先ほど、浅草材木町の辺りを縄張りにしている御用聞きが、道場を訪れて来ましての」

意を決したように坪井一乱が口を開いた。

「…………」

今度は分銅屋仁左衛門が黙った。

「鉄の棒のようなものを扱う武術について心当たりがないかと訊いて参りました」

「……それで」

さらなる説明を分銅屋仁左衛門が短く問うた。

「杖術、十手術などの話をした後、鉄扇術のことを教えたら、それじゃと身を乗り出して……」

五輪の与吉との遣り取りを坪井一乱が語った。

「なるほど。これは諫山さまにも聞いていただいたほうがよろしゅうございましょう。

喜代、喜代」

分銅屋仁左衛門が手を叩いた。

「お呼びでございましょうか」

すぐに喜代が廊下に手を突いた。

「諫山さまをここへお呼びしてくれ」

「はい」

命を受けた喜代が下がった。

「御用でござるかの」

「坪井先生がお見えでございますよ」

待つほどもなく現れた左馬介に、分銅屋仁左衛門が声をかけた。

「これは、先生」

左馬介が襖際で一礼した。

「……………」

無言で坪井一乱が、左馬介の身体を確認するように見た。

「なにか……」

左馬介が困惑した。

「怪我《けが》の様子はござらぬな。やはり守りの堅さは剣より優るか」

傷を負っていない左馬介に、坪井一乱が感心した。

「一体……」

「御用聞きが坪井先生のもとを訪れたそうで」

怪訝《けげん》そうな左馬介に、分銅屋仁左衛門が先ほどの話の要点を絞って述べた。

「…………」

左馬介はなにも言えなかった。

「坪井先生、諫山さまのお名前は」

「出してはおらぬ。諫山氏は吾が弟子でござる。師は弟子を守ってこそ尊敬されるもの」

確認した分銅屋仁左衛門に坪井一乱が胸を張った。

「ありがとうございまする」

「かたじけなし」

分銅屋仁左衛門に続いて左馬介も感謝した。

「事情をお話ししましょう」

肚をくくって分銅屋仁左衛門が坪井一乱に顔を向けた。

「不要でござる。伺ったところで、貧乏道場の主にはなにもできそうにございませんしな」

手を振って坪井一乱が断った。

「実際は、面倒ごとに巻きこまれるのはご勘弁いただきたいのだよ」

坪井一乱が笑った。

「たしかに、特大の面倒ごとでございます」

分銅屋仁左衛門がうなずいた。

「でござろう。どうも儂《わし》の勘に、こういたく響きますのでな。詳細は遠慮いたそう。知らねば気にせずともすみますゆえ」

「知らぬが仏でございますか。いやいや」

坪井一乱の態度に、分銅屋仁左衛門が苦笑した。

「では、これにて」

「ありがとうございました。後日、あらためてお礼を」

腰を上げた坪井一乱に、分銅屋仁左衛門がもう一度頭をさげた。

「分銅屋どの」

ずっと黙っていた左馬介が、ようやく口を開いた。

「お世話になったが、これまでのようだ。いろいろとお気遣いをいただいたことを感謝する」

「お別れのようなご挨拶でございますな」

分銅屋仁左衛門があきれた。

「江戸を出る。どこか田舎でひっそりと暮らす。そこまでは追ってくるまい」

遠くへ逃げると左馬介は言った。

「急ぐゆえ、これで」

左馬介が腰をあげかけた。

「諫山さま、落ち着きなさい」

分銅屋仁左衛門が、左馬介を抑えた。

「江戸を出るのは早計でしょう。別にあなただと向こうが見抜いたわけではありませんよ。逆に諫山さまが下手人だと教えることにもなりかねません」

「……そうなのだろうか」

「確証があるなら、とっくに町方が来てますよ。浪人に町方は遠慮しません。どころか、町方にしてみれば、正業に就いていない浪人は、無宿者と同じで邪魔な者ですからね。捕り方を集めて当家を包囲してくれます」

「浪人も必死に生きているのだが……」

頭から犯罪者扱いは勘弁して欲しいと、左馬介は嘆息した。

「それに諫山さまを捕まえるならば、まずはわたくしに断りが入りまする。さっさと縁を切って、かかわりのない形を作れとね。そう報せてもらうために無駄金と言える出入り金を町奉行所へ払っているのですからね」

なにかあったとき、世間に名前が出ないよう内々の処理を頼むため、江戸の商家は町奉行所へ節季ごとに金を払っている。これを出入り金と呼んだ。

「では、大丈夫だと」

「今のところはでございますがね。現場になにかお名前の入ったものを落としたとか言うなら別ですが」

「名前を入れるほどのものなど持っておらぬ」

「でございますな。浪人の懐は掏摸《すり》も見向きもしませんし」

分銅屋仁左衛門がうなずいた。

「旦那さま」

「番頭さんかい。どうした」

遠慮がちにかけられた声に、分銅屋仁左衛門が反応した。

「ごめんをくださいませ。諌山先生もおられましたか。ちょうどよかった」

襖を開けた番頭が左馬介を見て喜んだ。

「……なにがあった」

番頭の様子に分銅屋仁左衛門の眉がひそめられた。

「表が見張られておりまする」

「なんだと」

番頭の言葉に、左馬介が腰を浮かせた。

「一度店のなかを覗きこんできた男がおりましたので、注意して見ておりましたら、少し離れたところで、ずっと立っておりまして」

「そうかい。番頭さんが言うならばまちがいないだろう」

番頭の語りに分銅屋仁左衛門はうなずいた。

何度となく襲われた結果、分銅屋仁左衛門の奉公人たちの警戒は強くなっている。

「ご苦労だったね。こちらからはなにもしないようにね。無視しておきなさい」

「承知いたしました」

指示を受けた番頭が、店先へと帰っていった。

「分銅屋どの」

「坪井先生が付けられたんでしょうなあ」

不安そうな左馬介に分銅屋仁左衛門が告げた。

「これではっきりいたしましたな」

分銅屋仁左衛門が満足そうにうなずいた。

「なにがでござる」

左馬介が尋ねた。

「御用聞きは、諫山さまのことを知らないということでございますよ」

分銅屋仁左衛門が告げた。

「坪井先生との遣り取りのなかに、なにか気になるものがあったのでしょうねえ。だから坪井先生を見張った。鉄扇術を遣う者に心当たりがあるんじゃないかと御用聞きは考えて、坪井先生が動くのを期待した。そして、坪井先生はうちへ足を運んだ」

「その後を付けて、どこへ行くかを確かめようとした」

「でしょうな。ようは、誰が下手人かは判明していないのですよ」

はっきりと分銅屋仁左衛門が断じた。

「どうすればよい、拙者は」

「普段通りになさっておられればよろしいかと」

「しかしだな、店を出た途端……」

左馬介が不安を口にした。

「根性のないことを言わないでくださいな、まったく。肚が据わっているのか、胆《きも》が小さいのか、よくわからない御仁ですね」

分銅屋仁左衛門が嘆息した。

「とりあえず、その鉄扇はお預かりしましょう」

「父の形見だぞ」

取りあげる気かと左馬介が警戒した。

「そんなもの腰に付けたまま出歩いたら、一発で捕まりますよ。そもそも浪人が扇を持っているというのもおかしな話なのですから」

売るものがあれば、あっさりと売り払い一度の食費に換えるのが浪人である。扇子など真っ先に売り払われている。

「そうか、そうだな」

「ご安心を。蔵の奥でしっかりとお預かりいたしますので」

差し出された鉄扇を分銅屋仁左衛門が受け取った。

「おうう。重い」

分銅屋仁左衛門が鉄扇を落としそうになって慌てた。

「一貫（約四キログラム）近くはある。足の上に落とされるなよ。骨が砕ける」

「……気を付けましょう」

忠告に分銅屋仁左衛門がうなずいた。

「預けるのはよいが、鉄扇がなければ、拙者用心棒の役に立たぬぞ」

剣術はまったくできない左馬介にとって、両刀は飾りでしかなかった。

「明日にでも田沼さまにお願いをいたしましょう。その井田とかいった侍の話だと、商人に借財がある感じでございましょう。まずまちがいなく加賀屋が裏で糸を引いている」

分銅屋になにかを仕掛けてくるのは加賀屋しかない。

「こちらばかりが動いているのも厳しいですから。田沼さまにも少し汗を搔いていただきましょう」

「すぐに効果は出るかの」

「さあ、その辺りは田沼さま次第でしょう。なんとかそれまで相手が待ってくれることを期待しましょう」

「薄い望みになりそうだ」

左馬介が大きく息を吐いた。

二

目付の仕事は多岐にわたる。

元は戦場で卑怯未練《ひきようみれん》な振る舞いをする者がいないかと監視し、立てた手柄を正確に見届けるため設けられた軍《いくさ》目付で、旗本の非違《ひい》監察《かんさつ》を任としていたが、天下泰平の長きにつれてその役割も変化してきた。

旗本だけの非違監察であったのが、城中全体にその権能が及ぶようになった。将軍家の居城だけに、礼儀作法にうるさくなるのは当然である。身分格式に応じた座や所作、席次など山のような決まりがある。

当初は大目付が大名たちを見張っていたが、五千石の大目付はそうそう増やすことができない。四名から五名で数百からの大名を見張るのは難しい。できないわけではないが、旗本にとって上がり役に近い大目付は手柄を立ててもそれ以上の出世は難しい。石高もよほどのことがない限り増えてはくれない。となれば、働いても働かなくてもさほどの差はなくなる。

また、大目付が辣腕《らつわん》を振るえば、大名が潰れる。大名が潰れれば浪人が増える。浪人が増えれば、世情が不安定になる。慶安の役、世にいう由比正雪《ゆいしょうせつ》の乱の再来はまずいのだ。一度痛い目を見た幕府は同じ愚を繰り返すまいと、大名への統制を緩めた。

結果、大目付の権限が収縮された。というより名誉職に祭り上げた。

結果、大目付はなにもしなくて良い役目に落ちぶれ、日がな一日茶を飲んでいるだけとなった。

大目付がしないから、大名は野放しでいいとはいかない。将軍家の居城で大名を放し飼いになどすると、徳川の権威が落ちる。そこで、幕府は、城中の礼儀作法を目付に預けた。

城中であれば、大名でも咎《とが》め立てられる。

いつの世でも同じだが、広がった権能は、その後も勝手に拡大していく。いや、手に入れた権能を利用して、侵食していくのだ。

やがて目付は城中だけでなく、江戸に居る大名たちも管轄するようになった。本来、大目付の役目である大名の監察を、目付のものとした。

それで目付は我慢しなくなった。

目付は江戸城下にも影響力を持とうとした。

「将軍の居城に何事があってもよろしからず。明暦《めいれき》の火事の再来は許さず」

若死にをした娘の供養をと本妙寺《ほんみようじ》で焼いていた振り袖が強風で舞い上がり、民家の屋根に落ちたことで始まった明暦の火事、通称振り袖火事は江戸中を灰燼《かいじん》に帰した。

これが城下だけで収まっていれば、目付は動かなかった。だが、数カ月にわたって雨が降らず乾燥しきっていた江戸は、火事に適していた。そこへ赤城山《あかぎやま》から吹き下ろす強風が加わり、火事は江戸城にも飛び火した。

「こちらへ」

ついには将軍が城中紅葉山《もみじやま》に避難するという事態にまで発展した。

「上様に徒《かち》を願うなど、あるまじき失態である」

目付は二度と江戸城に火を入れさせぬため、将軍を居室から避難させないようにというのを名分に、火事場巡回の権能を手に入れた。

城下にまで出張れる。

これを端緒として、目付は江戸城下への手を伸ばした。江戸城下はかなり細分されている。

大名屋敷、旗本屋敷のなかは、大門が閉められている限り、老中でも手出しできない。これは屋敷が出城《でじろ》としての扱いを受けているからであり、その城門である大門が開かれない限り、何人《なんぴと》もこれを侵すことはできなかった。

寺院、神社は寺社奉行の管轄となっており、これには目付も手出しできなかった。

残る町家は町奉行所の担当であった。町家の行政、犯罪者の捕縛《ほばく》、消防などに町奉行は責任を負う。この消防に目付が喰いこんだ。そこから目付は町奉行の権を侵し始めた。

とはいえ、犯罪者の捕縛、入牢《じゅろう》、取り調べ、刑罰などは、一人前の武士がすることではないとされ、町奉行所の仕事は不浄職とさげすまれる。旗本のなかの旗本と自負する矜持の高い目付が、不浄職に手出しをすることはできなかった。

その代わり、目付は町奉行所に異変の報告を提出させた。

「由比正雪のこともある。些細なことが天下の大事になりえる」

振り袖火事よりも古いことを目付は持ち出した。

軍学者由比正雪が浪人を糾合《きゅうごう》し、天下転覆を企《たくら》んだ一件は、幕府に衝撃を与えた。一味のなかに旗本が含まれていたのだ。小石川煙硝蔵下奉行河原十郎兵衛が由比正雪に同心、煙硝蔵を爆発させ、江戸を混乱させようとした。幸い、事変は仲間内から訴人が出たことで、未然に防がれたが、旗本が徳川幕府を倒そうとしたことに目付は蒼《そう》白《はく》になった。

「そなたたちはなにをしていた」

訴人を受けて事態を知った老中松平伊豆守信綱《まつだいらいずのかみのぶつな》から、目付たちは責められた。

「もし、ことが始まっていたら、上様のお名前はもちろん、徳川の権威は地にまみれたのだぞ。旗本を監察する目付が微塵《みじん》も気づいておらぬでは、なんのための監察か」

厳しい叱責を受けた目付たちは震えあがった。

老中でさえ監察できると鼻高々だった目付の誇りはへし折られた。

この恨みを代々目付は持ち続け、いつか江戸の町にも手出しできるように虎視《こし》眈々《たんたん》と狙っていた。

「町奉行所からの書上《かきあげ》は来ておるかの」

目付の芳賀が、当番目付に問うた。

「来ておるぞ。その辺にある」

当番目付が積み上げられた書類の山を指さした。

「……………」

礼も言わず、芳賀が山を崩し始めた。

目付は同僚も監察することから、年齢、家柄、経験にかかわりなく同格とされていた。

目付には組頭《くみがしら》だとか、肝煎《きもい》りだとか、先達《せんだつ》だとかいうまとめ役は設けられていなかった。

しかし、これでは不便である。老中や若年寄などが目付全体に指示を出したいと思っても、誰に言付《ことづ》けていいかわからないのだ。

「一同へ申しつけておけ」

こう一人の目付に押しつけても、全部の目付に伝わるとはかぎらない。目付はその任の性格上、毎日登城するとは限らなかった。登城しても目付部屋に籠もってはいないのだ。目付部屋にいるのは、資料を見るときだけで、出歩かなければ監察の仕事は果たせなかった。伝言はまず機能しない。

これでは困るが、上下関係を作るのはまずい。そこで月ごとに代わる当番制が採用された。

当番目付は一日目付部屋に残り、他の役目たちとの連絡を担う。その間、まともに目付の仕事はできないが、これは決まりであり、嫌だと拒絶するわけにはいかなかった。

　また、当番目付だからといって偉くなったわけではなく、雑用係のようなものである。他の目付たちが敬意を払うこともなかった。

「……これか。まったく、わかりやすいように整理ぐらいしてもらいたいものだ」

　当番の期間は、手柄が立てられなくなる。上を目指している者ほど、当番は面倒なのだ。当然、仕事は投げやりになる。

　芳賀が当番目付に目を向けて嫌みを口にした。

「要る者が探すべきであろう。町方の書上など、使う者などおらぬでな。扱いは反古《ほご》と同じでよかろう」

　当番目付が言い返した。

　町奉行所の管轄にまで権能を広げたが、実際の手出しをする目付はいなかった。由比正雪の乱のような大事を摘発でもすれば、出世に繋がる手柄になるが、まずあり得ない。人殺しの下手人や放火の犯人を捕まえても、目付は自慢するどころか、周りから不浄に触れてまで出世したいかと馬鹿にされる。

「当番もまともにできぬ。目付を辞めたらどうだ」

「…………」

芳賀から正論を突きつけられた当番目付が黙った。

「ふん」

鼻先で笑った芳賀が、町方書上を手に二階へと上がった。

目付部屋は二階建てになっている。一階に目付部屋があり、二階は配下の徒目付の控えと過去の資料を保管してある資料部屋になっている。

芳賀は資料部屋へ入った。

「………」

それを見ていた目付の一人、坂田が無言で二階へと向かった。

目付の仕事は一人一人でおこない、決して他人には漏らさない。同じ目付にでも秘密にする。これはどこからか何を探っていると漏れて、せっかくの獲物を逃がすことになるからというのと、同僚に功績を奪われないためである。

基本、資料部屋は誰かが使っている間、入室しないのが慣例であった。

「芳賀どの、よろしいかの」

資料部屋の外から坂田が声をかけた。

「坂田氏か。お入りあれ」

「ごめん」

芳賀の許可を得て、坂田が資料室へ入った。

「町奉行所の書上はいかがでござる」

坂田が問うた。

「あれ以降、徒目付どものことは書かれておりませぬな」

難しい顔で芳賀が首を横に振った。

芳賀と坂田は、田沼意次が八代将軍吉宗から受けた遺言について調べていた。

「幕府の体制を揺るがすものらしい」

目付は武士の形態を護持しなければならないと考えている二人にとって、吉宗がおこなおうとしていた改革は正しいものとは思えなかった。

「足高《たしだか》では、やる気が出ぬ」

従来、旗本は役目に就いたとき、その役高に本禄を合わされていた。たとえば、六百石の旗本が目付になったら、目付の役高である千石へ加増された。

「役目のたびに加増していては、幕府の金がなくなる」

吉宗は幕府財政の悪化を理由に、加増を足高に変更した。

足高とは、その役にある間だけ役高へ本禄を増やし、離職した途端、元の家禄へと戻すことである。

従来のように加増だと、役目を降りようが、家督相続をしようが、そのまま引き継がれていく。それで二代目が優秀ならばまだいい。ふたたび役人として使えばすむ。しかし、無能であったときが困った。親への加増がまったくの無駄遣いになってしまう。

これを吉宗は変えた。

「上米《あげまい》の令も論外であった」

坂田が吐き捨てた。

上米の令も吉宗が発したものであった。諸大名から一万石につき百石の米を上納させる代わりに、在府の期間を短くするというもので、臨時収入を幕府の財政に加えた。この結果で、幕府は江戸、大坂の金蔵に余裕ができるほど潤った。

「諸大名、とくに外様《とざま》へ米を乞うなど、将軍として恥ずかしいとは思われなかったのか」

坂田が憤慨した。

「武士は金のこと、損得を言うべきではない。金のことを気にするは、卑しき商人のすることである」

芳賀も坂田同様、吉宗のことを認めていなかった。

「大御所が亡くなって、馬鹿な流れはこのまま止まると安堵しておったら、主殿頭《とのものかみ》が引き継いだというではないか」

「それを認めれば、武士は終わる。なんとしても止めねばならぬ」

二人が強くうなずきあった。

「かといって徒目付をこれ以上失うのはまずい」

徒目付は目付の配下で、御家人のなかから武芸に優れた者が選ばれた。主として御家人の監察をするが、とくに武芸達者な者は目付の命を受け隠密《おんみつ》として動いた。もちろん、どこへ忍んだとか、なにを調べているかは、直接指揮した目付にしかわからない。期間も明らかにされないため、しばらく行方がわからなくても騒ぎになることはない。だが、いつかはいなくなったことがばれる。隠密という役目柄、死も考えられるが、やはり問題はでた。

家督相続である。

武士というのは、先祖があげた功績で得た禄を受け継いで生きている。つまり禄は子孫でなければ受け継げないのだ。子がいれば子が、なければ養子を迎えて禄を継承する。

とはいえ、相続をさせるかどうかは、主君の采配次第でもある。相続が起こったとき、主君はその原因を調査する。それによっては相続を認めなかったり、制限を付ける。

病死であれば問題ない。きちっと嫡男の届け出さえ出しておけば、相続に支障はでない。だが、それ以外はややこしくなる。死体が出たときはまだいい。刀傷の有無や死体の状況で判断が付く。しかし、死体すらないときは大変であった。単なる失踪との疑いが消えないからである。

失踪、欠け落ちは武家の忠義を根本から揺るがす大問題であった。勝手に行方をくらます行為は、主君への不満から逃げ出したと考えられる。つまり、仕えるに値しないと家臣から主君に絶縁状を突きつけたも同然になる。

これは主君へ絶対の忠誠を求める幕府に対する敵対行為と取られた。

失踪、欠け落ちとなれば、家は断絶、本人には討手《うつて》が出され、捕まれば死罪になる。武士として名誉の切腹さえ許されない。

さらに累は一族まで及ぶ。さすがに一族まで改易にはならないが、減禄、閉門、謹慎などの罪が科された。

一命を賭して役目に赴き、あえない最期を遂げる。お庭番、伊賀者《いがもの》などはもちろんのこと、それ以外の役でもある。

成果を出せなかった。ただそれだけで生死不明扱い、失踪したと言われてはたまったものではない。

隠密を本来の仕事としている忍《しのび》は、連絡がなくなった段階で殉死《じゅんし》したものと見なされ、家督は許される。だが、徒目付は違う。

徒目付は家柄の隠密ではなく、たまたま上司からそれを命じられただけなのだ。それでお家断絶になっては泣くに泣けない。

「万一のおりに」

隠密役を受けるとき、徒目付には担当の目付から、役目を命じたという書付が渡される。それを家督相続を担当する奥右筆《おくゆうひつ》へ提出すれば、家督は守られる。が、同時に誰が誰を使って、失敗したかがあきらかになった。

「ご老中さまから、諮問《しもん》を受ける」

目付の任は上司にも秘されるが、御家人を死なせたとなればその保護は失われた。責任を明らかにしなければならないからだ。

目付が気に入らぬ徒目付をわざと死地に追いこんだとか、恣意《しい》で恨みのある者の命を徒目付に狙わせたなどがあっては、目付の権威が傷つく。どころか、幕府の信頼が揺らぐ事態になる。

「徒目付の家中から書付が奥右筆へあげられるまで、どれくらいあると思う」

芳賀が問うた。

「まずは一カ月というところであろうな」

「それはまずい。任を命じてからそろそろ十日になる」

坂田の答えに芳賀が顔色を変えた。

「遠国御用《おんごく》を命じたと、あの徒目付たちの家族に申し伝えるか」

「……遠国御用か」

坂田の提案に、芳賀が思案した。

「長崎での交易で疑義《ぎぎ》有りということにしてもう一度書付を出す。新たな任に行かせたとすればいい。長崎ならば三月や半年はどうにでもなろう」

「たしかにの。長崎だと行くだけで二十日から一カ月はかかる。往復で五十日以上稼げる。そこに探索御用が加われば、三月は余裕が出る」

芳賀が同意した。

「問題は、誰が書付を届けるかだが……」

「我らはまずかろう。行けば、かならず家族からなにか問われよう」

芳賀の懸念に坂田もためらいを見せた。

「徒目付の誰かにさせるか」

「ふむ……そうだな。徒目付ならば他人に漏らすこともない。訊かれたところで教えていなければ、問題なかろう」

芳賀の策に、坂田も乗った。

「では、書付を書いてくれ」

「拙者がか」

芳賀に言われて坂田が驚いた。

「そうじゃ。拙者はこの町方書上を調べなければならぬでの」

「……やむをえぬ。ただし、連名である」

坂田が一人にだけ責任を押しつけさせぬと言った。

「…………」

芳賀が鼻白んだ。

文机《ふづくえ》に向かった坂田が、死亡した徒目付三人分の書付を書きあげた。

「託してくる」

「頼む」

封をした書付を手に、隣の徒目付部屋へ行くと言った坂田を芳賀は町方書上に目を落としたまま送り出した。

「……しくじったか。ときを稼げるのもあと三カ月」

芳賀が苦い顔をした。

「さすがに次は欺《だま》されてくれまい。徒目付から相続の願いが奥右筆に出たら、我らは終わりじゃ」

目付の権は大きい。その代わり、在任中の不正に対する罪は重い。偽の任の書付を徒目付に渡したとなれば、まず切腹は免れなかった。

「それまでに手柄を立てねば……」

老中でさえ監察できるのが目付なのだ。大きな権力に立ち向かうためといえば、あるていどの手段は黙認される。

「敵を欺すには、まず味方から」

結果さえ出せば、これが通る。それが目付であった。

「……どうやら、町方は徒目付どもの身許を確認できていないようだ」

町方書上を読み終えた芳賀が安堵した。

いかにこちらでことを糊塗《こと》しようとも、町奉行所から直接徒目付の家族に連絡が行けばそれまでであった。また、町奉行所に徒目付の身許が知れても黙っていろと手を回すのは悪手であった。

町奉行所であれ、奥右筆であれ、誰かに借りを作るのは目付としてしてはならない。借りは返さなければならない。監察が借りを返す方法はただ一つ。誰かの不正を見逃すことになる。言わずもがな、これも重罪となった。

「どうした。険しい顔をしておるぞ」

徒目付部屋へ行っていた坂田が戻ってきた。

「いや、なんでもない」

芳賀が首を横に振った。

「町方書上にはなにもなかったのだな」

「ああ……なにも」

答えかけた芳賀が、口をつぐんだ。

「どうした」

坂田が町方書上を覗きこんだ。

「……武士が一人撲殺されていた。おい、これは」

すぐに坂田も気づいた。

「徒目付の一人の両膞《りょうずね》が折られていたのと同じではないか」

「あの日の町方書上はどこだ」

日ごろ町方書上などまじめに見る目付はいない。芳賀と坂田が気にするようになったのも、討たれた徒目付の死体が、大川に捨てられていたと知ってからである。その前の町方書上は確認していなかった。

「町方書上はたしか、その右の棚の最下段にあるはず」

どうでもいいに近い書付の扱いは悪かった。

「ここか……」

坂田が書付の束を取り出した。

「……この辺りだろう。死体の人相書きが出たという話を聞いた三日前くらいから見れば足りよう」

「ああ」

芳賀がうなずいた。

「拙者がこれを」

「ならば、拙者はこの日を」

二人は手分けして町方書上を捲《めく》った。

「……あった」

坂田が見つけた。

「どれどれ」

芳賀が近づいた。

「……まちがいない。致命傷は首への一撃のようだが、臑の骨が左右ともに叩き折られている」

死体の検案がそこには書かれていた。

「同じ奴《やつ》と考えても」

「よかろう。分銅屋は浅草門前町だ。そして今朝の町方書上によると撲殺された武家の遺体が見つかったのは、さほど離れていない浅草材木町」

芳賀の確認に、坂田がうなずいた。

「徒目付に命じよう。この武家を殺した者が誰なのかを」

「ああ。この武家の身許も知れればなにかに使えようしな」

二人の目付が顔を見合わせた。

お側御用取次側衆というのは、将軍とその他の者を仲介する。その創始は八代将軍吉宗が、幼い七代将軍家継《いえつぐ》に代わって政を恣《ほしいまま》にしていた老中たちの権力を削《そ》ぐために設けたものと言われている。

三

八歳で死んだ家継に跡継ぎがなく、御三家の紀州徳川家から本家へ入った吉宗を、当初老中たちは田舎猿扱いし、軽視していた。

兄が三人もいたことで、紀州家では要らぬ子供として城下の家臣屋敷で育てられた吉宗は、世情に通じていた。続いた兄たちの急死によって紀州藩主になった吉宗は、大名の蔵が空で借財証文しか入っていないことに愕然とし、藩政改革に乗り出した。一汁二菜、木綿ものしか身につけないなどを自らが率先、徹底した倹約と殖産奨励をおこない、吉宗は紀州藩の財政を立て直した。

そこへ将軍継嗣《けいし》の話が転がってきた。

紀州藩の財政で危機感を覚えていた吉宗は、幕府の立て直しを己の使命だと信じて八代将軍の座を引き受けた。

将軍はすべての武家の統領である。命じれば誰もが平伏し、傾聴して、その通りに動く。幕府はそうしてなりたっている。

建前だと吉宗も知っていた。御三家の当主として、何度も老中たちの相手をしたのだ。老中たちがなにを考え、どうしようとしているかはわかっている。

老中たちはなにもできない、なにもわからない幼君で、政を思うがままに操ることに酔いしれている。

政をする。この権能は大きい。

征夷大将軍を任命する朝廷が貧しく、大政を委任されている幕府が天下を仕切っていることを見てもわかる。

将軍という名前は、飾りでいいのだ。なにもしないで大奥へ入り浸り、世継ぎを作ってくれれば、それでいい。

政のことは我らにお預けあれと老中たちは露骨に将軍となったばかりの吉宗へ求めてきた。

「それがここまで幕府の蔵を空にしたのだと、なぜわからぬ」

吉宗は憤った。

将軍になってあらためて確認したら、江戸城の金蔵はかろうじて床が隠れているていどで金箱は積み上がっておらず、大坂城の金蔵は床板が丸見えといった状況であった。

「武士の統領、大名のなかの大名たる徳川が、矢玉の金にも不足する。これでどうして天下を維持できるか」

吉宗はあきれはてた。

徳川は人徳で天下を手にしたわけではなかった。徳川家康が武力と策略で天下人だった豊臣を滅ぼし、征夷大将軍として幕府を開いた。

徳川は武で天下を組み敷いた。これは、大義名分ではない。大義名分は徳川を臣従させた豊臣にあった。それを家康は力で奪った。

当然、同じことをされる可能性はあった。それを危惧したからこそ、家康、秀忠の親子は、外様大名の力を削ぐことに熱中した。

徳川へ牙剝《む》きそうな大名をなくすか、軍勢を興せないほど金を奪うか。

戦いは人と金で決まる。勇猛な侍を雇うには相応の禄が、鉄炮《てっぽう》などの新兵器を購《あがな》うにも金が要る。最大の大名である徳川は、ここでも他者を圧倒していなければならなかった。薩摩《さつま》が、長州《ちょうしゅう》が、加賀が、仙台が軍勢を出そうとも、その数倍の兵と圧倒する兵器をもって制圧できる。それが徳川であった。

だが、徳川も八代となると、そういった気風は消え去り、質実剛健、質素倹約という武士の本質は崩れた。幕府の役人も己の金ではないとばかりに金蔵の金を浪費、徳川は戦《いくさ》を起こせないほどの状況になった。

「それを見過ごしてきた者に、政など任せられるか」

吉宗は激怒したが、残念ながら分家から来た身で、譜代大名や旗本の一部からは軽視されている。この状態で実務を握っている老中たちを吉宗が直接敵に回すのは得策ではない。吉宗を将軍として認め、その指示に従うという者があるていど増えるまでは表立つのはまずかった。

こう考えた吉宗は、紀州から連れてきた腹心の加納遠江守久通《かのうとおとうみのかみひさみち》らをお側御用取次という役目に就けた。

お側御用取次は、その名前の通り、将軍へ目通りを願う者を吉宗へと取り次ぐ。

「ご用件は」

「そのようなこと、そなたになぜ言わねばならぬ」

「では、お取り次ぎいたしかねまする。上様はご多忙でございますれば」

用件を口にしない者を門前払いにしたり、

「そのような話を上様にお聞かせするわけには参りませぬ」

内容によっては拒むこともある。

許可の出なかった者たちは憤っても、押して通るわけにはいかなかった。それをすれば、将軍の決めたことに従わなかったと咎めを受けるからだ。

こうして吉宗は、己のつごうの悪い相手とは会わないようにし、将軍の権威を守りつつ、勢力を浸透させた。

結果、吉宗は享保《きょうほう》の治政というものをおこなうことができ、幕府の金蔵は江戸も大坂も金箱で満ちた。

お側御用取次は、その盾として大きく改革に寄与した。結果、お側御用取次の権威はあがり、今や老中でさえ遠慮するところまで来ていた。

「ご面談を」

「なにとぞ、ご挨拶をさせていただきたく」

権門に人は集まる。お側御用取次となった田沼意次の屋敷には、その知己を得ようとする大名、旗本、商人が列をなしていた。

「あれに並ぶのか」

左馬介がうんざりとした。

「なにを言っているんです。諫山さまのためですよ」

文句を口にした左馬介を、分銅屋仁左衛門がたしなめた。

「さようであった。申しわけなし」

左馬介が詫びた。

「では、そのへんで待っていてください。さすがにご一緒してもらうわけにはいきませんので」

分銅屋仁左衛門が、屋敷から少し離れたところを指さした。

毎日風呂に入り、襦袢《じゅばん》も小袖もこまめに洗われた小綺麗《こぎれい》なものを身につけているとはいえ、くたびれた感じは拭えない。また羽織を着ていないことからも、左馬介が浪人であることはすぐにわかる。浪人がお側御用取次に会いたがるのは、あまりに不自然で目立ちすぎた。

「ありがたい」

左馬介は堅苦しいところになれていない。田沼意次と会うなど遠慮したかった。

「気を付けていてくださいよ。加賀屋の目は、かならず田沼さまのところにもありましょう」

油断するなと分銅屋仁左衛門が釘を刺した。

「わかった」

うなずいた左馬介だったが、その右手は取りあげられた鉄扇のあったあたりをさまよっていた。

「………」

なんともいえない顔でそれを見た分銅屋仁左衛門が、小さく息を吐いて行列の最後尾へと付いた。

「田沼さまのお屋敷前で、どれほど加賀屋がおろかでも、馬鹿なまねはすまいが……」

屋敷の前で変事があった場合、かかわりがなくともその主に問い合わせは行く。問い合わされたほうはかかわりないと首を振り、調べもそこで終わるが、面倒ごとを持ちこんだのが誰かとわかれば報復はする。もちろん、兵を出して相手を攻めるわけではないが、持っている権力を使う。

それがお側御用取次ともなれば、なまなかなことではすまない。町奉行所もお側御用取次の機嫌を取ろうとして、必死になる。

「警戒するにこしたことはない」

左馬介は田沼家の表門が見える向かい側の屋敷、その塀に背中をもたれさせた。

「……少しは考えているようですね」

行列に並びながら、その様子を見ていた分銅屋仁左衛門が安堵した。

「お次のお方」

表門から田沼の家臣が出てきて、来客を招き入れた。

「どれだけかかりますかね。……十二人目くらいですか」

分銅屋仁左衛門が目で数えた。

「次のお方」

一刻（約二時間）は覚悟していた分銅屋仁左衛門だったが、行列はあっさりと処理され、小半刻（約三十分）ほどで順番が来た。

「こちらへ」

案内されたのは玄関を入ってすぐの小部屋であった。

「当家用人の井上伊織《いおり》である」

小部屋にはまだ若い家臣が待っていた。

「浅草門前町の分銅屋仁左衛門でございまする」

名乗りながら、分銅屋仁左衛門は行列の処理が早かった理由がわかった。商人や当主以外の代理を出してきた連中の対応は家臣たちがしていた。当主が来たときだけ、田沼意次と会うようにすれば、多少来客が増えても十分に対応できる。

分銅屋仁左衛門は感心していた。

「今、分銅屋と申したか」

「はい。浅草門前町で両替商を営んでおります、分銅屋でございまする」

確認してきた井上伊織に分銅屋仁左衛門が首肯した。

「しばし、待て」

井上伊織が慌てて小部屋を出て行った。

「どうやら、しっかり伝えてくださっているようで」

己の名前を聞かされていたであろう井上伊織の反応に、分銅屋仁左衛門は満足そうにうなずいた。

「……お待たせをいたした。こちらへ」

すぐに井上伊織が戻り、分銅屋仁左衛門を促した。

「畏れ入りまする」

特別扱いを受けるといっても分銅屋仁左衛門は商人であり、陪臣とはいえ武士である井上伊織よりも身分は低い。

分銅屋仁左衛門は立ちあがってから、ていねいに腰を折った。

「お連れいたしましてございまする」

廊下から縁側を伝って、分銅屋仁左衛門を奥へと案内した井上伊織は庭に面した一室の前で膝を突いた。

「うむ」

なかから田沼意次の声が返って来た。

「どうぞ」

井上伊織が襖を開けてくれた。

「ありがとうございまする」

一度廊下に膝を突いた分銅屋仁左衛門は、井上伊織へ礼をしてから、なかへと目を向けた。

「本日は……」

「面倒なまねはせずともよい。互いに忙しい身じゃ。さっさと入って参れ」

型どおりの挨拶をしようとした分銅屋仁左衛門を田沼意次が制した。

「はい」

分銅屋仁左衛門は、膝で敷居をまたぎ、部屋へと入った。

「伊織、余人を近づけるな」

田沼意次が、井上伊織に見張りを命じた。

「はっ」

頭を垂れて受けた井上伊織が、開いた襖を閉じた。

「お若いのに、なかなかのお方でございますな」

分銅屋仁左衛門を商人と侮らず、主君の命に無言で従う。商人と主君が二人きりになるというのにも疑義を申し立てない。井上伊織を分銅屋仁左衛門は褒めた。

「であろう。なかなかに拾いものであった」

田沼意次が吾がことのように喜んだ。

「あやつは浪人の子でな、近江《おうみ》から江戸へ仕官に出てきたのを抱えたのだ。若いわりに気が利く」

「ご浪人さまでございましたか。とてもそうとは……」

分銅屋仁左衛門が左馬介と比較して首を横に振った。

「諫山と申したか、あやつと比べたか。違って当然じゃ。井上伊織は仕官を望む浪人であり、諫山は仕官を求めぬ浪人。いつか武士になろうと身を律してきた者とその日生きるために過ごしてきた者では、身のこなしが違う」

「なるほど、心構えの差だと」

「そうよ。武士は心構えで決まる。卑怯未練なまねばかりしているような輩《やから》は、どれほどの大禄を得ていようが、先祖がどれほど高名な人物であろうとも、武士ではない。そのような連中より、今は禄を離れていても、貧して鈍せず、武士は喰わねど高楊枝《たかようじ》を実行している者こそ武士というべきである。もっとも旗本のなかにどれほど武士がおるかは、甚だ心許《こころもと》ないがの」

辛辣《しんらつ》な言葉を田沼意次が出した。

「お慰め申しあげまする」

分銅屋仁左衛門が慰めた。

「儂《わし》などまだよい。箸にも棒にもかからない旗本といえども、同僚でしかないからの。おかわいそうなのは上様じゃ。何の役にも立たないどころか、幕府を腐らせる原因でしかない者どもにも禄を与えておられる。いわば手を噛《か》む犬に餌をやられているようなものぞ。どれほどのご無念か、察してあまりある」

「なんと申しあげるべきなのか」

豪商とはいえ分銅屋仁左衛門は商人である。将軍のことなど、雲の上の話でかかわりようがないのだ。労《いたわ》るのは無礼であるし、否定することはできない。

分銅屋仁左衛門は曖昧な答えで逃げた。

「ふふふ」

戸惑う分銅屋仁左衛門が面白かったのか、田沼意次が笑った。

「いや、すまぬ。久しぶりに気が緩んだわ」

田沼意次が頭をさげた。

「お止めくださいませ。私のような者に……お顔をおあげくださいませ」

分銅屋仁左衛門があわてた。

「他人目《ひとめ》があるところでは、そうする。だが、我らは同じ目的へ進む同志であろう。言いかたを変えれば輩《ともがら》じゃ。気にするではない」

「そこまでおっしゃっていただけるならば」

これ以上断り続けては田沼意次との距離を遠ざける。

分銅屋仁左衛門は同意した。

「で、今日はなんだ……いや、加賀屋だな」

すっと田沼意次が目を細めた。

「ご明察でございまする。じつは……」

経緯を分銅屋仁左衛門は語った。

「……むうう」

聞き終わった田沼意次が唸《うな》った。

「そこまでするか、加賀屋。いや、加賀屋に操られた愚か者が旗本のなかにおるというのが、情けない」

田沼意次が苦い顔をした。

「浅ましい顔をしておるなとは思っていたが……加賀屋め」

「顔をご存じでございますか」

分銅屋仁左衛門が驚いた。

「つい先日、儂のもとへ来おったわ。五十両を手土産に、分銅屋とのつきあいを止めろと申しにな」

「五十両……」

金の嵩《たか》に分銅屋仁左衛門は息を呑《の》んだ。

「同額を毎年くれるとまで言いおった」

「それは思いきったことで……」

分銅屋仁左衛門があきれた。

一度限りの出費ならば、多少の金額でもどうにかできる。しかし、今後ずっと続けていくとなれば、かなり厳しい。それを加賀屋は口にした。口にした限りは実行しなければならない。将軍側近をだましたとなれば、どれほどの豪商であろうとも潰される。

「加賀屋は約定《やくじょう》も守れぬ者である。そのような者にお大事の旗本衆の禄を任せてよいものであろうか」

田沼意次がそう勘定奉行へ囁《ささや》くだけで、加賀屋は札差の株仲間から外される。

「そろそろ困窮している者どものために、徳政をいたさねばなりますまい」

続けて老中へこう発案する。

徳政とは借財を棒引きにさせる幕府の命である。借金で四苦八苦している旗本や御家人を救うため、ときどき幕府はこれを出していた。

もちろん、ただ出すわけではない。

十年以上経っている借財に限るだとか、遊興のために借りたものは除外だとか、いろいろと制限も付ける。

これを出されると商人は痛い。もっとも十年以内の借財は保護されることが多いので、損はしない。借財の利子は一割をこえている。十年たてば、元金以上の金を受け取っている。損はしないように幕府も考えてはいるが、徳政令は商人の力を削ぐ。

札差の株を取りあげられ、徳政で借財の多くを放棄させられる。札差でなくなれば、旗本への貸し方はしにくくなる。札差だからこそ、禄米切手《ろくまいきって》を形《かた》に取れた。札差は浅草米蔵から旗本に代わって米を持ち出す資格を持っているゆえに禄米切手を預かれた。それが、札差でなくなれば、旗本としての身分証明に近い禄米切手を好き勝手にはできなくなる。借りたものは返すという当たり前のことさえ守れない旗本、御家人に形なしで金を貸すことなど危なくてできない。まずまちがいなく踏み倒される。

札差業はできず、金貸しも無理となれば、加賀屋の身代は続かなくなる。

「聞いたとき、あきれたわ。五十両といえば、百二十石取りの旗本一人に匹敵する金じゃ。それをあっさりと出し続けると言えるほど、加賀屋は金を持っている。武士が商人に勝てぬはずだ」

「人は欲に弱いものでございますので」

分銅屋仁左衛門が述べた。

「………………」

「うん……ああ、加賀屋の話か。断ったぞ」

無言で見上げた分銅屋仁左衛門に田沼意次が苦笑した。

「それは疑ってもおりません」

「金をどうしたかと訊きたいのか」

「はい。五十両の挨拶金、いかがなさいました」

分銅屋仁左衛門が尋ねた。

「挨拶だからの。遠慮なくもらったぞ」

「さすがでございまする」

淡々と言った田沼意次を分銅屋仁左衛門が讃《たた》えた。

「それもあったのだろうな、加賀屋が刺客をおぬしへ放った」

「代々の札差で、お旗本から金を貸してくれと頭をさげられなれておるのでございましょう。いささか、辛抱が足りないようで」

分銅屋仁左衛門が加賀屋を子供だと評した。

「子供か、そうだな。子供は思い通りにならぬと癇癪《かんしゃく》を起こす。まさに加賀屋だの」

田沼意次が首を縦に振った。

「となると、儂にも原因の一端はあるな。町方が出張ってきてはうるさい。なんとか手を打ちたいところだが、もう少し状況がわからぬとどうしようもない。諫山から話を聞きたいが」

「表に待たせておりまする」

直接左馬介と話をしたいと求めた田沼意次に、分銅屋仁左衛門が告げた。

「……伊織」

田沼意次が手を叩いた。

「お呼びでございましょうか」

すぐに襖が半分ほど開いて、井上伊織が顔を見せた。

「表に諫山という御仁がおる。こちらへ案内して参れ」

「諫山さまを。たしかに承りました」

主君の指示に、井上伊織が従った。

四

「よろしいのでございますか。諫山さまはお世辞にも田沼さまのお屋敷に出入りできる格好ではございませんが」

分銅屋仁左衛門が懸念を口にした。

「吾が屋敷がどれほどのものだと言うのか。今でこそお側御用取次じゃと肩で風を切っておるが、三代遡れば紀州藩の足軽じゃ。しかも一度は病を得て浪人しておる」

田沼意次が気にするほどのものではないと手を振った。

「畏れ入りました」

身分というのは絶対でなければならない。武士は庶民の上にある。それが徳川幕府の根本である。それを田沼意次は、たいしたことではないと言ったのだ。

分銅屋仁左衛門が頭をさげた。

「お連れいたしましてございまする」

外から井上伊織の声がした。

「開けましょう」

襖近くに座っていた分銅屋仁左衛門が、襖を開けた。

「………」

廊下で左馬介が居ごこち悪そうに身体をできるだけ縮めようとしていた。

「なにをなさっておいでで」

分銅屋仁左衛門があきれた。

「お側御用取次さまのお屋敷だぞ。拙者のような者が、足を踏み入れてよい場所ではなかろう」

普段の口調も忘れて、左馬介が嫌がった。

「よい、よい。緊張するな」

田沼意次が、頬を緩めた。

「なかへお入りなさいませ。お許しは出ておりますよ」

廊下から動こうとしない左馬介を分銅屋仁左衛門が急《せ》かした。

「わ、わかった」

お側御用取次の言葉を断れるわけもない。左馬介は這《は》うようにして、座敷へ入った。

「へ、へへえ」

分銅屋仁左衛門よりも襖際で左馬介が平伏した。

「先日、分銅屋で会ったときと随分違うな。あのときは、儂の仕官の勧めを断るほど度胸があったであろう」

かつて田沼意次と左馬介は一度分銅屋で会っていた。分銅屋仁左衛門に米から金へ天下を代える手伝いを求めに来た田沼意次は、同席していた左馬介の態度を気に入り、ことがなったあかつきには旗本に推挙してやろうと持ちかけた。それを宮仕えはごめんだと左馬介は断っていた。

「あのときは、お供もお一人で……」

「お偉い方だとは思っても、これほどとは思っておられなかったのでございますな」

左馬介の言いわけを分銅屋仁左衛門が解説した。

「お屋敷の立派さ、表で並んでいるお歴々に萎縮しましたか。無理もございませんな。

わたくしでさえ圧倒されましたので」

分銅屋は大名貸しもおこなっている。さすがに当主と会うことはないが、家老あたりとは話もするし、酒席でもてなすこともある。武家の相手に慣れているはずの分銅屋仁左衛門でさえ、気圧《けお》されるのだ。左馬介が怯《おび》えるのも無理はなかった。

「今、ご家中の方にご案内いただくときでも、待っている人々から、なんだあれはとか、なぜ浪人が我らより優先されるのだとか、さんざん嫌みを……」

左馬介がうつむいた。

「それは申しわけないことをした」

田沼意次が頭を傾けた。

「と、とんでもない」

左馬介が一層慌てた。

「伊織」

おたつく左馬介を手で制しながら田沼意次が井上伊織をふたたび呼んだ。

「外に並んでいる連中を帰せ。当家の来客に無礼を働くようなお人とはつきあえぬと申し、二度と来るなと申せ」

田沼意次が怒った。

「はっ。ただちに」

井上伊織が駆け出していった。

「なにを……」

左馬介が顔色を変えた。

「お見事でございまする」

分銅屋仁左衛門が感心した。

「儂の味方になるならば、相応の能力を見せてもらわねばならぬ」

田沼意次が呆然としている左馬介を見つめた。

「居並んだ者をこえて、おぬしが招かれた。それを悔しがる、あるいは侮るなど論外よ。なぜ、おぬしが優先されたか、それを探るようでなければなるまい。でなくば、儂が意味もないことをする考えなしということになろうが」

「…………」

左馬介は目を剝いていた。

「身分はたしかに大事だ。天下の秩序を維持するものだからな。武士が上に立ち、政をおこなっている。しかし、それを当たり前のものだと甘受するようでは話にならぬ。なぜ、武士が田を耕さず、ものを売らず、ものを作らずとも喰えているのか、それを考えぬような、先祖の功績を吾が手柄だと思いこんでいるような連中は、学ぼうとせぬ。あたらしい世を受け入れぬ。新たな価値を認めぬ」

「米を金に代える。それに我慢できませんでしょうなあ」

分銅屋仁左衛門も同意した。

「金を卑しいものだと考えているようではな。金は卑しく、百姓から取りあげている米は尊い。己は汗も掻かずに……」

田沼意次が吐き捨てた。

「そういった連中ほど、儂のもとへ来る。なんのために……儂に付いて出世したいと思っているのだ。よい加減うんざりしていたのよ」

「どのようなお方がお出でに」

分銅屋仁左衛門が訊いた。

「家柄を延々と語ってくれるやつばかりだ。三河《みかわ》以来だ、安祥《あんじよう》譜代だ、先祖は小牧長久手《こまきながくて》の戦いで手柄を立て云々《うんぬん》とかの。昔話をしている暇などないとわかっておらぬ」

「己は算勘《さんかん》が得意だとか、槍が遣えるとか、という売りこみではない……それはまったくの無駄でございますな。商家でそれは通りません。父が名の知れた商家だとしても本人が使えるかどうかは別。大番頭の息子だからといって、いきなり店の帳場を預ることなどいたしません」

　分銅屋仁左衛門もうなずいた。

「諫山のおかげで、馬鹿どもを断れた」

「敵も増えましたが」

　喜ぶ田沼意次に対し、分銅屋仁左衛門が辛辣なことを言った。

「うっ……」

　左馬介が顔をゆがめた。

「諫山さまのせいではありませんよ。その格好の諫山さまが下に見られるのは当然でございますからね。端《はな》から田沼さまのお考えに入っていた」

「見抜くの、分銅屋」

　田沼意次が苦笑した。

「えっ、では」

「おぬしを道具にしただけよ。ああ、もちろん話を聞きたいから呼んだのだ。ただ、どうせならばゆっくりと聞き取りをしたいと思ったのでな、面倒を先に片付けた」

「……………」

　利用されたとわかった左馬介が憮然《ぶぜん》とした。

「怒るな。怒るな。馳走するゆえ。伊織、酒を」

田沼意次が手を叩いた。

待つほどもなく、一人ずつに膳と片口が供された。

「勝手にやってくれい。儂も手酌が慣れておる」

「呑みながらするような話ではないかと」

人を斬ったことを報告するとわかっている、左馬介が二の足を踏んだ。

「酒の勢いでも借りねば、話しにくかろう。儂も聞きにくいわ。泰平の世ぞ、人を斬った話など、初めてなのだ」

田沼意次が眉をしかめた。

「たしかに、さようでございますな」

分銅屋仁左衛門も同意した。

「まずは、喉を湿してくれ。そのあと詳細を頼む」

田沼意次の促しに二人もうなずき、杯を干した。

「では……」

風呂屋でのできごとから、井田との遣り取りまで左馬介は、酒を呑みながら語った。

「それ以降のことをわたくしが」

分銅屋仁左衛門が坪井一乱のことや、御用聞き五輪の与吉が店を窺っていたことなどを告げた。

「ふむ」

杯を置いて、田沼意次が腕を組んだ。

「町方は分銅屋を疑っておるな」

「はい」

分銅屋仁左衛門も田沼意次の意見に同じであった。

「ただ、しかとした証拠がない。その状態で分銅屋には手出しできぬ。分銅屋は町方にも相応の金を出している」

「いささかではございますが」

顔を見られた分銅屋仁左衛門が認めた。

「下手なまねは御用聞きの首を飛ばしかねぬ。というより御用聞きていどでは、分銅屋に会うこともできまい。手札をもらっている同心の許可は要る。同心も了解ずみだな」

「はい」

「ということは、一度は同心が出てくるだろうな。おぬしの機嫌を見て、どういう手を取るかを考えるためにな」

田沼意次が予想を立てた。

「それをどうにかしていただきたく」

分銅屋仁左衛門が願った。

「お願いいたしまする」

左馬介も手を突いた。

「今は早い。儂が町奉行に手を回せば、かえって疑いをまねく。町方はしつこいと聞く。いつまでもつきまとわれては面倒であろう」

「たしかに」

田沼意次の言葉に分銅屋仁左衛門は首肯した。

「当分は動かぬようにいたせ。いずれ町方が来るだろう。それを見てから対応を考える」

「田沼さまはなにをしてくださいますので」

手助けはどうなると分銅屋仁左衛門が遠慮なく問うた。

「儂は殺したという事実がなくなるように手を打つ」

「それは……」

「そのようなことができますので」

言った田沼意次に二人は驚いた。

「やりようはある。少し手間だがな」

述べた田沼意次が、天上を見上げた。

第四章　叶わぬ夢

一

用心棒はまったくなにも生みださない。異変もなければ、ただの無駄飯喰いになる。田沼意次との話し合いから三日、なにも動きはなかった。

「出かけたりはせぬのか」

一度怒られたからか、喜代もあまり雑用を押しつけて来なくなり、左馬介は暇を持て余していた。

「お暇でございますか」

護衛としての仕事もないのかと問うた左馬介に、分銅屋仁左衛門が頬を緩めた。

「変な輩《やから》が店に来ないのはありがたいのだがな、一日なにもしていないというのは、どうも尻が落ち着かぬ」

左馬介が嘆息した。

「用心棒とはそういうものでございましょう。もともと用心とは、なにかあったときのための備えを意味しておりまする。用心桶は火事のため、用心金は店の資金が尽きかけたときの手当。用心と付くものは、出番がないことこそ幸せ、今までが異常だったのでございますよ」

分銅屋仁左衛門が左馬介を諭した。

「わかってはおるのだがなあ。剣を遣えぬ拙者は、用心棒の仕事をしてこなかったので、なれておらぬのだ。身体を動かしてこそ、金がもらえ、飯もうまい。夜もよく眠れる。こうして三十年余りを生きてきただけになあ」

左馬介が腕を振り回した。

「変わったお方ですねえ。両替商という仕事柄、何人もの用心棒を雇いましたが、皆、取り決めでもあるのかと思うほど、なにもせず一日寝てましたねえ。飯を喰うときだけ、座るような連中ばかり。はて、どちらが正しい用心棒なのか、わからなくなってしまいましたよ。用心という主旨に添うならば、今までの用心棒が正しい。ですが、金を出すほうとしては、諫山さまが好ましい」

分銅屋仁左衛門が腕組みをした。

「旦那さま、御上のお役人さまがお見えでございまする」

番頭が声をかけてきた。

「……っ」

「来ましたね」

左馬介が息を呑み、分銅屋仁左衛門の目つきがきついものになった。

「どなただい」

御上の役人にもいろいろある。町奉行所の与力、同心がもっともよく来るが、両替商をしている分銅屋には勘定方の役人も来訪した。それによって、店先で相手をするか、奥まで案内するか、対応は変わった。

「南町奉行所同心の佐藤さまと」

尋ねた分銅屋仁左衛門に番頭が告げた。

「北町の野島じゃないのか。このあたりはあの阿呆《あほう》の担当だったはずだけどね」

聞いた名前に首をかしげた分銅屋仁左衛門が、かつて出入りを許していたが加賀屋の金で飼われて敵に回った北町奉行所定町廻り同心の野島を罵った。

「初めてのお方かと」

番頭も見たことがない相手だと言った。

「知らないお方で、しかも担当地域外の南町奉行所の同心ねえ。どうやら店先ですむ話じゃなさそうだね。奥の客間へお通ししておくれ」

「へい」

番頭が指示に従った。

「諫山さま、隣で聞いていていただけますか」

「……あのことだな」

左馬介の表情が曇った。

「他に考えられませんね。他のことならば当家へ御出入りくださっている南町奉行所筆頭与力の清水さまがお出《い》でになりましょう」

どこの商家も、不祥事があったときのために町奉行所の役人と交際していた。分銅屋仁左衛門は、当初北町奉行所に出入りをさせていたが、先日の一件から南町奉行所へと鞍替《くらが》えしていた。

「ちょっと準備を」

分銅屋仁左衛門が居室の手文庫から、小判を一枚取り出し、懐紙に包んだ。

「町奉行所のお役人は、ただではお帰りになりませんからね。来たのが北町ならば、塩でもくれてやるんですが、つきあい始めたばかりの南町なので」

露骨に嫌そうな顔をしながら、分銅屋仁左衛門が金包みを懐へ仕舞った。

「わたくしがお呼びするまで、決して声を出したり、客間へ顔を出したりなさらないでくださいよ」

「わかっておる」

釘を刺した分銅屋仁左衛門に、左馬介はうなずいた。

「では、行きますか」

分銅屋仁左衛門が腰をあげた。

商家でも分銅屋ほどともなると客間をいくつか持っている。

大名や日本橋《にほんばし》あたりに店を構える豪商、参拝客の多い寺社など、大得意のための上客間、同格の店や旗本、初めての客などを通す中客間、そして店先で対応してはまずいだろうという相手を隔離する奥の客間であった。

奥の客間は調度品などは中客間と同じだが、多少大声を出しても店先には聞こえないよう、入り組んだ廊下の奥に設けられていた。

「お待たせをいたしました。当家の主分銅屋仁左衛門でございまする」

奥の客間前の廊下で分銅屋仁左衛門が膝を突いて挨拶をした。

「南町奉行所定町廻り同心佐藤猪之助である。見知りおいてくれ」

床の間を背にした佐藤猪之助が名乗った。

「ごていねいに畏れ入りまする」

分銅屋仁左衛門が、下座へとついた。

「おぬしが分銅屋か。江戸で指折りの両替商だと聞いていたのでな、もっと歳上かと思っていたぜ」

佐藤猪之助が雰囲気を和らげた。

「父が早くに商いから身を引きましたので」

分銅屋仁左衛門も表情を緩めた。

「若くして店を継いでこの隆盛か。やるな」

「とんでもございません。古くからおつきあいいただいているお得意さまのお陰でございまする」

褒める佐藤猪之助へ謙遜した分銅屋仁左衛門が否定しつつ用件へと移った。

「本日はどのようなご用件でございましょう」

「そうだったな。商いの邪魔をしちゃいけねえ。分銅屋、おぬしの店に浪人者がおるだろう」

問うた分銅屋仁左衛門に、佐藤猪之助が確認してきた。

「はい。お一人お手伝いをいただいておりまする」

隠してもすぐにばれる。心証を悪くするだけなのだ。分銅屋仁左衛門は素直に認めた。

「名前はなんという」

「諫山左馬介さまでございまする」

「剣術遣いか」

「いえ。武術の心得はないと伺っております」

分銅屋仁左衛門が否定した。

嘘《うそ》ではなかった。もともと空き家となった隣家の片付けを頼んだのであり、字が読めればよかった。

「武術のできぬ浪人をなんのために雇っている」

佐藤猪之助が目を厳しいものにした。

「ご存じでございましょうか。当家の隣に駿河屋という貸し方屋がございましたことを」

「知らぬな。ここは儂《わし》の縄張りではないのでな」

訊かれた佐藤猪之助が首を横に振った。

「駿河屋という貸し方屋が、少し前までございました。そこが夜逃げをいたし、空き店《だな》となりましたので、買わせていただきました」

「夜逃げするような店の後をよく買ったな」

佐藤猪之助が驚いた。

商売人は験《げん》を担ぐ。するめは擦《す》るに繋がるからあたりめと言い換えたり、おからのことを切らずとごまかしたりするのもそれである。

「蔵の建て増しをしなければなりませんでしたので」

「……蔵を。まだ儲けるつもりか」

聞いた佐藤猪之助が目を剝いた。

「商人の性《さが》でございまする」

分銅屋仁左衛門が堂々と言った。

「たしかにそうだの。で、それと浪人がどうかかわってくる」

「なにせ夜逃げでございましょう。店のなかは荒れ放題、片付けもなされていませんでした。だからといって一切合切を捨ててしまうわけにも参りませぬ。放り出されている帳面なども一応確認いたしませんと、後日なにがあるか……」

「ふむ」

「そこで空き店を潰す前に、残されているものを整理しようと、読み書きのできるお方を探してもらい、諫山さまにお出でいただきました」

「なるほど。浪人者を雇った経緯はわかった。しかし、今来るときに見れば、隣は空き地になっておった」

「はい。いつまでも空き家で置いておくのは、不用心でございますので、潰しましてございまする」

江戸は火事が多い。なかには空き家に放火されたことで始まった大火もある。分銅屋仁左衛門の懸念は当然であった。

「では、浪人の仕事は終わったはずだ。それでもまだ雇い続けているというのは、どういうことか」

当然の疑問を佐藤猪之助が突いてきた。

「思っていた以上に諫山さまは文字や算勘に明るく、当家の仕事にもお役立ちいただけると感じましたので、今でもお願いをしておりまする」

「帳面付けを任せているというのか」

「いいえ。帳面は番頭の仕事でございまする。諫山さまには、昔の帳面の清書をお願いいたしておりまする」

佐藤猪之助の問いに、分銅屋仁左衛門が違うと答えた。

「昔の帳面など、清書してどうするというのだ」

「それが情けないことでございますが……わたくしがこの店を継ぐ前の帳面は信用できぬとわかりまして」

「番頭が悪さをしていたか」

主が商売にあまり熱心でない店で、帳場を任されていた番頭たちが悪さをするのは、ままあることであった。

「はい。もう、その者は放逐いたしましたが、どれほどの損害を受けたのか、一応知っておきませんと」

「なるほど。忙しい番頭や手代に昔のことで面倒をさせるわけにはいかぬな」

佐藤猪之助が納得した。

「諫山さまになにか」

分銅屋仁左衛門が理由を問うた。

「うむ。両替商に身許の知れぬ浪人が出入りしているという噂を聞いたのでな。ちょっと気になったのだ」

「それはそれは、お心遣いありがとうございまする」

うれしそうに分銅屋仁左衛門がほほえんだ。

「分銅屋、一応、その浪人の顔見せてもらいたい」

佐藤猪之助が求めた。

「はい。すぐに」

分銅屋仁左衛門が立ちあがった。

「……お聞きでございましたか」

隣室へ回った分銅屋仁左衛門が問うた。

「ああ。あきらかに疑っておるの。やはり、あの御用聞きが報告したのだろう」

左馬介が応じた。

「大事ございませんね」

「ああ。落ち着いている」

心配されたことに、左馬介はうなずきで大丈夫だと告げた。

少し前までなら、罪悪感から己がやりましたと自訴しかねなかったが、村垣伊勢の言葉と分銅屋仁左衛門の気遣い、田沼意次の保証で、左馬介は立ち直っていた。

「……そろそろ行きましょうか。早すぎても遅すぎてもよろしくありませぬ」

分銅屋仁左衛門が時分を図った。

「うむ」

「鉄扇《てっせん》はありませんよ。その癖はなおしていただかないと困りますね」

無意識に腰の辺りを右手で探っていた左馬介を、分銅屋仁左衛門が注意した。

「そうであった」

腰に鉄扇があることに慣れている。緊張するとどうしても鉄扇に頼りたくなる。指摘された左馬介が苦笑した。

「油断でございますよ。その仕草を出しただけで、町方役人は不審を抱きます」

「すまぬ」

左馬介は反省した。

「気を張ってください。相手は諫山さまを疑って来ております。田沼さまの手が効いてくるまで、絶対に罠《わな》へ落ちるわけにはいきませんので」

「うむ」

左馬介は強く首肯した。

「お待たせをいたしましてございまする」

最初に分銅屋仁左衛門が客間へ入った。

「浪人、諫山左馬介でござる」

続いた左馬介が頭をさげた。

「南の同心、佐藤だ。今日は無理を言って悪いな」

佐藤猪之助が手をあげて応じた。

「由比正雪の一件以来、御上もうるさくてな。浪人には一応身許を訊かせてもらうことになっている。おぬしは、どこの出だ」

あまりにも古い話を持ち出し、佐藤猪之助が尋問を正当化した。

「父からの浪人で、拙者は江戸の生まれ、江戸の育ちでございまする」

浪人は武士ではなく、町奉行所の管轄になる。訊かれたら拒むわけにはいかない。

左馬介が答えた。

「ほう。親代々の浪人か。で、親御どのはどこの藩士であった」

「あいにく、存じておりませぬ」

さらなる問いに、左馬介は知らないと告げた。

「妙だな。出自を知らぬなどあり得るのか」

佐藤猪之助が目を厳しくした。

「父が嫌がりまして……」

「嫌な思い出は忘れたいか」

そう言った左馬介に、佐藤猪之助が続けた。

「おぬし、剣術はどうだ」

「まったくできませぬ」

「歩き方から見れば、両刀を差しているだろう」

重い刀を左腰に帯びると、どうしても重心が傾く。左に身体が傾き、頭が斜めになってはまっすぐ進めない。それを直すため、武士は右へと身体を持っていき、上半身の重みをそこへかける。この癖がつけば、刀を腰から離しても右へ体重をかけた歩き方のままになった。

「父の形見でございますれば」

「ふん」

親の形見を身につけるのは当たり前のことであった。佐藤猪之助が左馬介の応答に鼻を鳴らした。

「武術はまったくか」

「恥ずかしながら、束脩《そくしゅう》を払えるほどの余裕はござらなんだ」

偽りではなかった。父から鉄扇術を習い、一人で稽古を重ねて来たが、どちらも無料であった。

「念のために訊くが、住まいはどこだ」

「分銅屋どのがお持ちの長屋に仮住まいをさせていただいておる」

「最近か、移ったのは」

「さようでござる」

左馬介はうなずいた。

「その前はどこにいた」

「前は、家主源兵衛どのの長屋にお世話になっていた」

「そうか。邪魔をしたな」

佐藤猪之助が立ちあがった。

「もう、よろしゅうございますか」

「ああ。まともな浪人だとわかればいい。懸念は消えた」

問題はなかったと佐藤猪之助が述べた。

「ありがとうございまする」

気にかけてもらったことへ分銅屋仁左衛門が礼を言った。

「いや、町方の仕事だ。これもな」

佐藤猪之助が手を振った。

「こちらでございまする」

先に立って、分銅屋仁左衛門が佐藤猪之助を店へと案内した。

「拙者はここでご無礼つかまつる」

見送りはしないと左馬介は一礼した。

「……いい浪人を見つけたな、分銅屋」

店先で佐藤猪之助が左馬介を褒めた。

「はい。仰せの通りで」

分銅屋仁左衛門が胸を張った。

「なにかあれば、いつでも言ってきてくれ」

「頼りにさせていただきまする」

「そういえば、分銅屋。おぬしのところは、誰の出入りだ」

思い出したように佐藤猪之助が問うた。

「南町の与力、清水さまにお願いをいたしておりまする」

「筆頭与力の清水さまか」

「はい」

確認した佐藤猪之助に、分銅屋仁左衛門が首肯した。

「そいつは知らなかった。清水さまによろしくお伝えしてくれ」

「佐藤さまにお気遣いをいただきましたと、お話しさせていただきまする」

下手なまねはするなと分銅屋仁左衛門が言外に釘を刺した。

「お供の方にお酒でも」

すっと近づいた分銅屋仁左衛門が、佐藤猪之助の袂《たもと》に金包みを落とした。

「……すまねえな」

軽く袂を揺すって、金包みの重さを確認した佐藤猪之助が手をあげた。

二

佐藤猪之助を送り出した分銅屋仁左衛門が、難しい顔で居室へ戻ってきた。

「……分銅屋どの。あれでよかったのかの」

機嫌の悪そうな分銅屋仁左衛門に左馬介が恐る恐る訊いた。

「諫山さまの応対に、なんの問題もございませんでしたが……」

責任はないと分銅屋仁左衛門がまず左馬介を安心させた。

「ただ、相手のほうが二枚方上手《うわて》だっただけで」

「上手だった……」

わからないと左馬介が首をかしげた。

「住まいのことでございますよ。前の長屋のことを訊いてくるとは思ってもおりませんでした」

分銅屋仁左衛門が悔やんだ。

「まずかったか、昔の長屋のことを教えたのは」

「答えなければ、なぜだとなりましょう。かえって疑いを強くしたと思いますので、告げていただいてよかったのでございますが……」

小さく分銅屋仁左衛門が息を吐いた。

「今の長屋ならば、諫山さまのことをご存じの者は少ないでしょう。訊かれたところで、どうということのない話しかでませんが……」

「前の長屋はつきあいが長い。拙者がどのような日々を送っていたか、よく知っている」

最後まで分銅屋仁左衛門が口にしなかった内容を、左馬介は理解した。

「鉄扇を振り回しておられましたでしょう」

「……毎日ではないが、たまに家のなかでしておった」

左馬介は小さな声で述べた。

「他人に見られたことも」

「……覚えてはおらぬが、あったであろうな」

分銅屋仁左衛門に言われた左馬介が首を小さく左右に振った。

「口止めしてこよう」

「お止《や》めなさい」

腰を動かしかけた左馬介を、分銅屋仁左衛門が制した。

「かえって注意を惹《ひ》きますよ。なぜ、そのようなまねをするのかと、興味を持たれましょう」

分銅屋仁左衛門が駄目だと言った。

「そっとしておいたほうがよいと」

「はい。はっきりと覚えていないかも知れませんしね。なにより、長屋の者はその日生きるのに精一杯です。他人のことなんぞ、二の次でございますから、なにもしないのが妙策でございましょうな」

「他人任せにするしかない……か」

左馬介が難しい顔をした。

「出かける用意をしてくださいな」

分銅屋仁左衛門が左馬介に指示した。

「どこへ行かれる」

「喧嘩を売られたわけですからね。高く買ってあげようかと思いまして」

怒りを分銅屋仁左衛門が抑えながら述べた。

「喧嘩を買う……加賀屋へ行くつもりか」

左馬介が目を剝いた。

「誰に喧嘩を売ったのか、しっかり教えこまなければなりません」

「大丈夫でござるのか」

相手は旗本、御家人に大きな影響力を持つ札差である。今回の井田もその発言から、旗本の家臣が主家の借財のために刺客として来たとわかる。

旗本に家臣を差し出させるほどの影響力を加賀屋は持っている。

左馬介の懸念は当然のことであった。

「加賀屋のような男は、攻めには強いですが守りには弱い。というか、己が攻められるなどと思ってもいない。たぶん、今はなんの用意もしていませんよ」

分銅屋仁左衛門は一度の面談で加賀屋の性格を見抜いていた。

「そういうものか」

「相手が欲しがるものを払える金額の範囲で用意するのが商い。相手がどのような考えをしているか、それを見抜けなければ話になりません」

「……恐ろしいな、商人は」

「でなければ、生き馬の目を抜くという江戸で、暖簾《のれん》を守ってはいけませんよ」

腰が引け気味の左馬介に、分銅屋仁左衛門が苦笑した。

「番頭さん、ちょっと出てくるよ」

「いってらっしゃいませ。お気を付けて」

「店こそ気を付けておくれ。さすがに続けてやってくるほど馬鹿じゃないと思うけどね」

「お任せを」

「頼みましたよ」

番頭に指示をして分銅屋仁左衛門が店を出た。

「…………」

　無言で左馬介が続いた。

「……どうです」

　店を出て二丁（約二百二十メートル）ほど行ったあたりで、分銅屋仁左衛門が問うた。

「何人か付いてきているようだな」

　左馬介が答えた。

「やっぱり、南町奉行所はあきらめていませんね」

　振り向くこともなく、分銅屋仁左衛門が述べた。

「よいのか。加賀屋へ連れて行って」

「それも目的の一つで」

　行き先を知られても問題ないかとの懸念を表した左馬介に、分銅屋仁左衛門が告げた。

「加賀屋がかかわっているとなれば、町方も二の足を踏みましょう。町方役人のなかにも加賀屋に禄米の扱いを預けているお人はいらっしゃるはずですからね」

「町方役人は裕福なのであろう。出入りの金などで、千石取りの旗本よりも余裕があると聞いたことがある。札差に遠慮など要るまい」

素直に左馬介が疑問を呈した。

札差は、幕府から旗本、御家人に現物支給される禄米や扶持米を金に換える商売である。幕府の認めた株の仲間にならないと札差はできず、他者排斥されている代わりに、手数料は決められている。幕府の決定した手数料は、旗本、御家人の保護を考えて、かなり安めに設定されていた。

もちろん、赤字になるようでは誰も交換作業を引き受けないので、これだけでもやってはいけるが、さほどの儲けは生まない。

米を金に換えて渡す。これで札差はどこの旗本がどのていどの収入を得ているかを知る。あとは、その旗本の生活をちょっと注意してみていれば、収入の範囲でやっているか、無駄に浪費しているかは簡単にわかる。

「あの旗本は、毎年百両の赤字を出している。ならば」

出かけていって金を貸そうかと誘いをかける。

「ご返済は、来年の禄米で結構でございますよ。いえ、利子だけいただけば、来年お返しいただかなくともよろしゅうございます」

もともと算勘の術は下人の技として、学ぶどころか毛嫌いしている旗本に、この札差の罠はわからない。

「その方の申し出、殊勝なり」

借りてやるとばかりにうなずいて、旗本は地獄の扉を開ける。

借金はしないことが肝心であった。借金には利子が付く。ようは利子の分だけ借金は増える。百両借りたら、百十両返さなければならないのだ。

利子を払えればまだいい。利子を払い続けている限り、元金が減らなくとも、金貸しは文句を言わない。利子が払えなくなったとき、札差は仏の顔から鬼に変わる。

「お返しいただけないならば、切手をお預けいただきましょう」

旗本や御家人にどれだけの禄や扶持を支給すると記載されているのが切手であり、これを持参した者に、浅草米蔵は米を渡す。切手を奪われるのは、禄をまるまる持って行かれるに等しい。

「これだけで、ご生活を」

そうなった旗本は、札差から金をもらう形になる。

つまり、旗本にとっての主人が、将軍から札差に替わるのである。

「分銅屋を片付けてください」

こう札差に命じられれば、逆らえないのだ。

「町方役人の皆様の余得はたしかに多いのですがね。収入が多いから余裕があるとは、かならずしも言えませんよ」

分銅屋仁左衛門が首を左右に振った。

「収入があるのに、貧しいなど矛盾ではないかの」

左馬介が怪訝な顔をした。

「千両の収入を持つ者が、二千両遣ってごらんなさい。千両の赤字でございましょう」

「贅沢をしすぎている町方役人がいると……」

わかりやすい喩《たと》えに、左馬介が手を叩いた。

「さようで。町方同心の禄は年にしておおよそ十二両、これではとてもやっていけません。一カ月一両ですからね。これは長屋の住人よりちょっとましというていど。配下の御用聞きに手当を出すなぞ無理でございまする」

「ああ」

左馬介でさえ、月に三両もらっている。一両では、食べていくのが精一杯で、配下の面倒まで手は回らない。

「そこで出入り金が出て参るわけです。当たり前のことですが、出入りの金がどのくらい町奉行所に集まり、いくらずつ町方役人に分配されているかはわかりません」

「当然でござるな」

　己の懐にいくら入っているか、それも賄賂《わいろ》に近い性格を持つ出入り金を公にするわけはない。それこそ、徒目付《かち》の介入を受ける。

「幸い、わたくしがお渡ししている出入りの金はわかっております。払っているわけでございますからね。出入り金は、節季ごとに二両、年八両。北町奉行所から南町奉行所へ鞍替えしたので、いささか高額ではございますが、分銅屋とよく似た身代の商家もその辺りでございましょう。もちろん、江戸中の商家が出入り金を出しているわけではございません。奉公人のいない小店や、本店が京、大坂にある出店などはしないところも多いですからね。それでも年四千両ではききますまい」

「賄《まいない》でそれほどの金額が……」

　千両など、富くじにでも当たらない限り、庶民には縁のない大金である。左馬介は息を呑んだ。

「町奉行所には、与力二十五人、同心百二十人がおられます。他にも小者も数十人います。身分や役目のこともあり、おしなべていくらにはなりませんが、与力が一人百両、同心が三十両内外くらいは手にしているはずで」

「本禄以上か……」

左馬介が唖然とした。

「多いように思えましょうが、このくらいならあっという間に使い果たしますよ。妾の一人でも囲ったら、手当に、住まわせる家の家賃、身の回りの世話をさせる女中の賃金、生活の費用で、月に五両はかかります。年で六十両」

「同心だと無理だな。与力ならなんとか」

「なんともなりませんよ。男というのは、女に甘いものですからね。妾から着物をねだられたり、芝居行きを願われたら、ほいほい金を出します。ちょっと浪費癖のある妾を持ったら、百両なんぞ、あっという間に溶けてしまいます」

「……百両、女一人に」

左馬介が目を剝いた。

「女といっても妻じゃありませんからね。皆さん、奥方さまにはお金を遣いません。若い妾にだけ甘い」

「そういうものか」

「諫山さまには、生涯わかりませんでしょう」

「妻もおらぬでな」

断言された左馬介が、小さく笑った。

「まあ、よくわかった。いかに収入が多かろうが、それ以上に使うようでは金が足りなくなる。当たり前の話であるが、それに気づかぬほど武家が愚かなのはどうなのであろうかの」

左馬介があきれた。

「贅沢というのは、一度覚えたら止められないものなのでございますよ。白米の味に慣れてしまえば、玄米が美味《おい》しくなくなる。絹物を身につければ、麻の肌触りがうるさくなる。弱いものでございますからね、人は」

「それはわかる。いや、今実感しておる。もう、毎日風呂に入らないなど考えられない。隙間風の入ってくる長屋は寒くて我慢できぬ」

最近の生活の変化を左馬介は伝えた。

「そういえば、奥さまはもらわれませぬので」

不意に分銅屋仁左衛門が質問してきた。

「わかって言うかの」

左馬介が嘆息した。

「浪人に妻を娶《めと》るだけの余裕はない」

「おや、十分なだけの給金をお出ししていると思いましたが」

分銅屋仁左衛門が首を小さく左右に動かした。

「今は、お陰さまで十二分にもらえているがの。いつまでも続くわけではない」

「長くおつきあいいただきたいと考えておりますよ」

しばらく縁を切るつもりはないと分銅屋仁左衛門が言った。

「ありがたいとは思うがの。ずっと用心棒をできるわけではない。身体が十二分に回らなくなったときには、辞めねばなるまい」

刺客がやってくるような現状は異常であった。しかし、普通の用心棒でも、商家へ因縁を付けてくる無頼くらいは、排除できなければならない。当然、あるていど身体が動かなければ、務まらなかった。

「……そうでございますね。ずっと用心棒をお願いするというわけには、参りませんな」

左馬介の言いぶんに、分銅屋仁左衛門が納得した。

「どうなさるおつもりで」

「未来《さき》の話か」

左馬介が確認した。

「十年先とか、お考えになられたことは」

分銅屋仁左衛門が尋ねた。

「十年先どころか、半年先もわからぬ」

浪人というのは、明日のない毎日を送る。剣術の才や、勉学の素養があれば、道場や寺子屋を開いて弟子を集め、束脩で生きていくこともできるが、なにもできない浪人は、日雇いをするしかない。

それさえできない、あるいは地道に働く気がない者は、斬り取り強盗や押し借り、博打場《ばくちば》の用心棒などに身を落とす。が、そんな法度を犯す浪人は、仲間割れをするか、町奉行所に捕まるか、どちらにせよ長くは生きていない。

結果、浪人のほとんどは、いつか仕官の口が見つかるというかすかな望みにすがりながら、日雇いでその日の糊口《ここう》をしのぐしかない。

そして、日雇いの仕事は毎日あるとは限らない。また、病や天気で仕事に出られないこともある。一日仕事をすれば、倹約次第では三日ほどの飯代にはなる。少し真面目に働き、自炊をすれば、一カ月の半分ほど日雇いに出れば生きていける。

しかし、これには一人暮らしだからとの条件があった。

「なにかしてみたいことなどはございませんか」

分銅屋仁左衛門が訊いた。

「夢だがな。鉄扇術の道場を開いてみたい。諫山家が伝えてきた甲州流軍扇術《ぐんせん》を、拙者の代で途絶えさせるのは忍びない」

左馬介が思いを口にした。

「軍扇術でございますか……」

しばらく分銅屋仁左衛門が考え込んだ。

「いけるかもしれませんよ」

「なにを言われる。道場を一つ作るには、かなりの金が要る。とても拙者に、そんな金はござらぬ」

とんでもないと左馬介が否定した。

「作らずとも、空き道場をそのまま使えばよろしいでしょう。それに軍扇術は剣術ほど、広くなくともよろしゅうございましょう」

「たしかにな。間合いが狭いゆえ、剣術道場の半分もあればやっていけよう」

「それくらいならば、しもた屋を改築するだけでもできますね」

しもた屋とは、商いが左前になって店仕舞いをしたもののことだ。仕舞った屋が縮められてしもた屋になった。どこの町内でもしもた屋はあるが、潰れた店の後は縁起が悪いという商売人の験担ぎもあって、なかなか入居する者はいない。裕福な武家や商人が妾を住まわせるために使うくらいで、しもた屋の空きは多い。

「大通りから奥へ入ってもいいならば、店賃《たなちん》も安い。鉄扇ならば庶民が持ち歩いても問題はない」

幕府は庶民の帯刀を許していない。最近、剣術を学ぶ町人も見られるようになったが、木刀を持って歩くだけでも町方から叱られるためか、さほどの数にはなっていなかった。

「目新しいこととも相まって、かなり人気が出るのではないか……」

歩きながら分銅屋仁左衛門が思案を続けた。

「流行ればすぐにまねをする者が出てくるだろうけれど、それまでにしっかりと人気を摑《つか》んでいれば、本物は強い。雨後の竹の子のように後から参入してきた者などすぐに廃れる。これは思ったよりも……」

「分銅屋どの……」

つぶやきの声が大きくなり始めた分銅屋仁左衛門を左馬介が気遣った。

「ああ、すいませんね。つい、商売になるかどうかを考えてしまいました」

分銅屋仁左衛門が、詫びた。

「夢でござる。夢で。夢とは叶わぬもの。道場を開くには、どうしても数十両は要りまする。とてもとても」

「今は無理でございますな。田沼さまとのお話もございますし」

すっと分銅屋仁左衛門が現実に戻ってきた。

「それまで生き残れるのかの」

襲われたり、命を狙われたり、敵方への寝返りを誘われたり、分銅屋仁左衛門と知り合ってから、一生分の騒動を経験した左馬介が弱音を吐いた。

「気持ち次第でございましょう。なにがあっても生き残ってやると強く願っていれば、大丈夫だと思いますよ」

「神頼みより、ひどい気がするな」

「生への執着。馬鹿にしてはいけません」

嘆息した左馬介を、分銅屋仁左衛門が叱った。

「死にたくはないが、いずれ人は死ぬであろう。突然、知り合いがいなくなるのは何度も経験した。病で、飢えで、借財で、人は簡単に死んでしまう」

さみしそうな声で左馬介が首を左右に振った。

「そんなに」

「ああ。日雇いの浪人というのはな、相身《あいみ》互《たが》いというのもあって、顔を合わせばよく話をする。まあ、ほとんどがどこの現場の待遇が良かったか、どこの煮売り屋が安くて量があるとかなんだがな」

「わかりますな」

　どちらもその日暮らしにとって重要な情報であった。

「それ以上のことはできない。他人にすがることも、手を差し伸べることもしない。それができない奴は、消えていく。それを繰り返して残った面々の一人が欠ける。きっかけは風寒《ふうかん》などの軽い病が多い。多少の熱で寝ていては、飢えることになる。多少の辛さはあっても、働ける。こういった無理が重なって、身体が動かなくなる。浪人に医者を呼ぶ金も薬を買う金もない」

「…………」

「いつ死ぬか、次は己の番ではないかと怖れる日々を繰り返せば、いつの間にか慣れてしまう」

「それはいけませんね」

　分銅屋仁左衛門が険しい顔をした。

「大丈夫だ。まだ死にたくはない。だからこそ、あらがった」

　先日の戦いを左馬介は思い出した。

「死にたくはないが、死ななければならないときが来るとは思っている。そんな状態だな。希望のない浪人などそんなものでござるよ」

左馬介が苦く頰をゆがめた。

親代々の浪人は、あきらめている。生まれたときからその日暮らしをしている父親の背中を見て育つ。武士としての矜持を持とうとしながらも、生きるためにそれを捨てなければいけなくなった父親の落ちた肩と、少ない収入で一家を支える母親の苦労、そのなかで明るい未来を夢見られるはずもなかった。

「諫山さま」

分銅屋仁左衛門が足を止めた。

「いかがです、執着を増やしてみられては」

「どういう意味でござる」

左馬介は首をかしげた。

「己一人だからこそ、そういった諦観に陥るんでございますよ」

「まさか、妻を娶れと……」

「はい」

強く分銅屋仁左衛門が首肯した。

「こんな浪人のもとへ嫁《か》してくれるような物好きはいませぬ」

「女の都合は、ちょっとおきましょう。諫山さまのお気持ちはいかがで」

「拙者の気持ちか……」

左馬介が悩んだ。

「貧しいなかにも、睦《むつ》まじくしていた両親を思い出すな。母は苦労していたが、いつも父を気遣い、拙者を慈しんでくれた」

思い出すかのように左馬介が口にした。

「妻を娶ってはみたいと思う。だが、妻を娶れば子ができよう。その子に拙者と同じような夢の持てない生活をさせるのかと思えば……」

辛そうに左馬介が目を伏せた。

「お子さまは、ちいと気が早すぎませんか」

分銅屋仁左衛門が笑った。

「おう。そうであった」

左馬介も苦笑いを浮かべた。

「気になる女《おなご》など」

ふたたび歩き出しながら、分銅屋仁左衛門が尋ねた。

「……女か。考えたこともなかったな。その余裕などないし、なまじ惚《ほ》れてしまったら辛いからの」

少し考えた左馬介が肩をすくめた。

「惚れてしまえば辛い……そうかも知れませんね」

分銅屋仁左衛門も同意した。

「分銅屋どのこそ、ご新造《しんぞう》どのはおられぬのか」

逆に左馬介が問うた。

「まだなのでございますよ。前もお話ししましたように、店のことでごたごたしましたので、そこまで気が回せなかった」

分銅屋仁左衛門の父は婿養子であった。家付き娘である妻が死んでから、たがが外れ道楽に溺れ、店を危うくしてしまった。やむを得ず、まだ若い分銅屋仁左衛門が父を押しのけて主になったが、すでに屋台骨は傾きかけており、それをもとに戻すには相当の努力が要った。

「拙者など跡継ぎはないほうが良い。しかし、分銅屋どのは困ろう」

「そうなのでございますがね。この歳になりますともう、この女ならと思う相手がいなくなりまして」

今度は分銅屋仁左衛門が苦笑した。

「……あそこのようですね」

加賀屋を見つけた分銅屋仁左衛門の顔が変わった。

「供をしようか」

「いえ。外で待っていてくださいな。あの加賀屋でも店で馬鹿はしませんでしょう。札差は旗本相手の信用商売、妙な噂が立つだけでも痛手になりますから」

「わかった」

分銅屋仁左衛門の指示に、左馬介がうなずいた。

「行ってきましょう」

丹田に力を入れた分銅屋仁左衛門が加賀屋へと足を進めた。

三

加賀屋は江戸を代表する札差である。だが、店はさほど大きなものではなかった。

札差は米を金に換え、手数料を取る。そして旗本や御家人の米は、浅草米蔵から支給される。重いうえに数ある米を遠く離れた店まで移動させるようでは効率が悪い。

札差の多くは、浅草米蔵近くの川沿いに蔵を持っていた。川沿いなのは、荷車より、船で運ぶほうが楽で、大量に運べるからであった。

蔵でほとんどの仕事がすんでしまう。店ではせいぜい来客を迎えるだけとなれば、無駄に大きくする意味はない。

「ごめんくださいまし」

真っ白な生地に墨色で加賀屋と記された暖簾を分銅屋仁左衛門が潜った。

「お出でなさいませ……」

札差を訪れるのは、同じ札差株仲間か、借金を求めに来る旗本の用人、御家人と相場は決まっている。

出迎えた手代らしき若い奉公人が、一応の応答をしながらも、分銅屋仁左衛門の姿に怪訝そうな顔をした。

「浅草門前町で両替屋を営んでおります分銅屋仁左衛門と申しまする。ご主人さまはお出ででございましょうか」

ていねいに小腰をかがめて、分銅屋仁左衛門が名乗りと要件を告げた。

「浅草門前町の分銅屋さま。しばし、お待ちをくださいませ。主に訊いて参りまする」

手代らしき奉公人が、一礼して奥へと引っこんだ。

「店には、わたくしのことを伝えていないようですね」

名前を聞いても表情を動かさなかった奉公人を見て、分銅屋仁左衛門が独りごちた。

「旦那さま」

奉公人が、奥の居室にいる加賀屋のもとへ参じた。

「友作《ゆうさく》かい。どうした」

帳面を見ていた加賀屋が、顔をあげた。

「浅草門前町の両替商、分銅屋とおっしゃるお方が、旦那さまにお目にかかりたいとお見えでございまする」

「なんだと。分銅屋がか」

加賀屋が驚愕《きょうがく》した。

「は、はい」

主の挙動に友作が身を縮めた。

「なに用かは訊いたのか」

「いいえ」

「役に立たないねえ」

「申しわけございません」

あきれられた友作があわてて謝った。

「分銅屋が今頃になって、わたしを訪ねてくる……」

加賀屋が考えこんだ。

「……友作、分銅屋は誰か連れてきているのかい」

「いえ。お一人で」

「一人……用心棒はいないか」

友作の答えを聞いた加賀屋が、もう一度思案に入った。

「分銅屋の態度はどうだい」

「腰が低く、非常にていねいな物腰でございました」

重ねて問われた友作が答えた。

「一人で来て、腰も低い……そうか、負けを認めて降参しに来たんだな」

加賀屋が膝を叩いた。

「あっはっは。とうとう、耐えきれなくなりましたか。さては用心棒に逃げられましたね。それはそうでしょう。端金《はしたがね》で命までかけていられませんから」

大声で加賀屋が笑った。

「あのう、旦那さま」

急変した主の様子に、友作がおずおずと声をかけた。

「ああ、そうだったね。通していいよ。一番いい客間へね」

「……はい」

友作が急いで離れていった。

「お待たせを。主がお目にかかりまする。どうぞ」

「ありがとう存じまする」

少しときがかかったが、戻ってきた友作から言われて、分銅屋仁左衛門は店へとあがった。

「こちらでお待ちを」

「はい」

案内された客間を分銅屋仁左衛門は見回した。

「さすがに金のかかったものばかりですね。これは段通《だんつう》じゃありませんか。佐賀藩の将軍家献上品、これほど大きいのは見たことがありませんね。あちらはびいどろですか。庭が見えるように障子のなかほどをびいどろ張りにしているとは。この二つだけで、千両はかかりましょう」

分銅屋仁左衛門は感心した。

「千両だと、段通だけだね」

そこへ加賀屋が入ってきた。

「……それはそれは」

分銅屋仁左衛門があきれた。

「さて、ようやくあきらめたようだね」

さっさと座った加賀屋がにやりと笑った。

「あきらめた、なにをです」

分銅屋仁左衛門が首をかしげた。

「ふん。つまらない見栄を張るんじゃないよ。わたしの打つ手に痛めつけられて、音《ね》をあげに来たのだろう。だから最初に言ったのだ。配下に入れと」

加賀屋が上から分銅屋仁左衛門を見下ろした。

「………………」

「だけど、手遅れだねえ。もう、配下に入るからといって這いつくばったところで許してはあげないよ」

「先ほどからなにを言われておられるので。どうやらわたくしが降参しに来たと思っておられるようですが……」

勝ち誇っている加賀屋に、分銅屋仁左衛門がため息を吐いた。

「そうだろう、さすがにいつ刺客が再来するかわからない日々、命の危機に絶えずおびえていなければならず、夜も眠れぬ生活にくたびれはてた」

「やはり、あれはおまえさんの手だったんだね」

まだ理解していない加賀屋を分銅屋仁左衛門がにらみつけた。

「……………」

加賀屋が怪訝そうな顔をした。

「あの侍が言ってたそうですよ、諫山さまへ。商人に金で縛られて思わぬ刺客をしなければならなかったとの愚痴を」

分銅屋仁左衛門が話を盛った。

「なんだって」

「おや、おわかりではない。では、わかるように言ってあげますよ」

分銅屋仁左衛門が嘲笑《ちようしよう》を浮かべた。

「侍の身分でありながら、あなたに命じられたから刺客などという無頼同然のまねをしなければならなくなったと、文句を……」

「なんだと」

ようやく加賀屋が事態を飲みこんだ。

「やっと気がついたので。ふん、このわたしがあなたていどに膝を屈するはずなんぞありませんでしょう」

「じゃ、なにをしに来たのだ」

「文句を言いに来たんですよ。人を殺そうとするなんぞ、商人のすることではありません。商人は金で戦うもの」

「やかましい」

苦情を口にした分銅屋仁左衛門を加賀屋が怒鳴りつけた。

「金で戦うだと。ならば刺客を送りつけても問題ないだろう。金で刺客を雇ったのだ。これも商人の戦いだ」

加賀屋が反論した。

「武力を使ってどうするんです。互いに商いの手腕で勝負してこそ、商人の優劣は決められる。そこに刃傷沙汰《にんじょうざた》を持ちこむなんぞ、商人の風上にもおけない」

分銅屋仁左衛門も声をきつくした。

「だからどうだと言うんだ」

「そちらがそう来るならば、こちらも遠慮はしません。今後は身の回りに注意することだ。月夜の晩だけとは限らないんだよ」

すごんだ加賀屋へ、分銅屋仁左衛門が指を突きつけた。

「……きさまっ」

加賀屋が真っ赤になった。

「誰か、誰か」

大声で加賀屋が人を呼んだ。

「旦那さま、どうなさいました」

「なにがございました」

手代たちが駆けこんできた。

「こいつを片付けなさい」

加賀屋が分銅屋仁左衛門を指さし返した。

「片付けろ……でございますか。どういう風にいたせば」

手代が困惑した。

「わからないのかい。殺して川にでも捨ててきなさいと言っているんだよ」

加賀屋が手代を怒鳴りつけた。

「ご無体な」

「そのようなことできませぬ」

普通の手代に人殺しはまずできない。手代たちの腰が引けたのは当然であった。

「主の命だよ。従うのが奉公人だろう」

「旦那さま、そういうのは久吉《ひさきち》さんにお任せしていたかと」

まだ言う加賀屋に手代の一人が、店に出入りさせている顔役の名前を出した。

「そうだ、そうだった。誰か久吉を呼んできなさい」

「わたくしが」

若い手代が腰をあげた。

「手下を連れられるだけ連れてくるようにと言いなさい」

「はい」

うなずいた若い手代が駆け出していった。

「ふはっははは。これでおまえは終わりだ」

加賀屋が哄笑《こうしよう》した。

「いやあ、ここまで阿呆とは思いませんでしたよ。なんのためにここまで来たのか、無駄足でしたねえ」

大きく分銅屋仁左衛門がため息を吐《つ》いた。

「きさま……」

「わたしをここで殺したとして、どうするんです。そのあたりの路地で斬られたのなら、まだ辻斬りだと言えましょうが、店のなかでどう言いわけするんです」

「そんなもの、殺した後大川にでも投げこめば……」

「わたしがここへ入ったのを、何人が見ていると。お店の奉公人だけでも十人近くいますよ」

「奉公人がわたしを裏切るはずなどない。そのようなまねをしたら、どういう目に遭うかわかっているからな」

分銅屋仁左衛門の疑いに加賀屋が傲慢な態度で応じた。

「では奉公人を辞めさせられませんな。辞めた奉公人まで口止めはできませんでしょう。なにより辞めさせられた奉公人は、おまえさんに恨み骨髄《こつずい》だろうしねえ。あちこちで吹聴《ふいちょう》して回ってくれますよ」

「…………」

加賀屋が黙った。

「……そんなまねはさせない」

「どうやって……ああ、辞めさせた奉公人の口を止めるのではなく、封じると。死人はしゃべりませんからねえ」

「………」

その場にいた手代たちが顔を見合わせた。

「辞めさせられるならまだしも、事情で辞めなければならなくなった者も、同じですか」

「約束させればいい。口外しないと」

加賀屋が述べた。

「あはははっは。笑わさないでもらいたいですね」

腹を抱えて分銅屋仁左衛門が笑った。

「失礼だろう」

「冗談は止めてもらえますかね。おまえが他人を信用する……そんなわけなかろうが。そう言っておきながら、後で始末する。さっきの話からだとそうなるね」

「なっ……」

加賀屋が詰まった。

「図星だねえ。まあ、奉公人はどうでもできるだろうねえ。町方役人にも十分鼻薬が効いているようだし。だけどね、あの侍を出したお旗本はどうするんだい。お旗本の口まで封じるわけにはいかないだろう」

「金で黙らせている」

「……金を積んだ。さて、お旗本が一回だけで満足するかね。一度味を占めたら、またぞろ要求してくる。これが脅しの常道だ。そのお旗本は喜んでいるだろうよ。加賀屋というい金蔓《かねづる》ができたと」

　分銅屋仁左衛門が楽しげに語った。

「…………」

「どうやら、そういった下司《げす》なお方のようだ。まあ、そういうお人でないと、家臣を刺客として貸し出したりはしないだろうけど」

「失敗したのだ。なにも言ってこられまい」

　加賀屋が否定した。

「成功していたならば、安心でしたがねえ。失敗だからこそ、言ってきますよ。成功していれば、家臣は人殺しだ。とても表沙汰にはできない、家が潰れますからね。ですが、単に負けて死んだ。襲われた被害者面できますよ。大事な家臣を加賀屋の依頼で預けたら、死んでしまった。どうしてくれるんだとね」

「……田野里なら」

思わず加賀屋が口にした。

「田野里さまですか。ようやく聞き出せました。いや、思ったよりも手間がかかりましたが、これで用件はすみました」

「くそっ。それが目的だったのか」

加賀屋が分銅屋仁左衛門の言葉を聞いて目を剝いた。

「当たり前でしょう。たかが恨み言を聞かせるためだけに、おまえの顔を見に来るほど、わたしは暇じゃないんだよ」

分銅屋仁左衛門が加賀屋を見つめた。

「これで手の打ちようができたね。さて、帰るか」

「待て、行かさぬ。そやつを捕まえろ」

背中を向けた分銅屋仁左衛門を取り押さえろと加賀屋が手代たちに命じた。

「……えっ」

「それは」

遣り取りを見ていた手代たちがためらった。

「手出しするんじゃないよ。したら、おまえさんたちもわたしの敵になる。無事に商人として生涯を終えたいならね」

背中を向けたままで分銅屋仁左衛門が手代たちを説得した。

「……………」

手代たちが顔を見合わせた。

「ふん」

鼻を鳴らして、分銅屋仁左衛門が歩き出した。

「なにをしているんだい」

加賀屋が見送っている手代たちに激昂《げっこう》した。

「旦那さま、店のなかで派手なまねはよろしくありません。もう久吉が来るはずです。こういったのはあいつに任せたほうが、後腐れもございませんし」

手代のなかでも歳嵩《としかさ》の男が加賀屋をなだめた。

「……それもそうだな」

加賀屋も店の暖簾に傷が付くのはまずいと納得した。

「久吉に釘を刺して来なさい。今度の失敗は許さないと。あやつを殺すまで、二度と店の敷居をまたぐことはさせないとね」

「へい。では、店に戻りまする。行こう」

歳嵩の男の合図で手代たちがそそくさと去って行った。

「役立たずどもが……」

加賀屋が独りごちた。

店の外で待っている左馬介は、不安を感じ始めていた。

「遅い」

分銅屋仁左衛門の姿が、なかなか店から出て来ない。

「店は、いわば敵城でもある。なかでなにがあっても、外には知れぬ」

左馬介は分銅屋仁左衛門の身を案じた。

「助けに入るか」

鉄扇を持たない左馬介の力は、そのへんの男と変わらないところまで落ちている。助けに行ったのが、そのままやられてしまったとなりかねないが、放ってもおけなかった。

「給金をあげてもらわねばな」

左馬介は加賀屋へと近づいた。

「諫山さま」

加賀屋の暖簾が割れて、分銅屋仁左衛門が出てきた。

「……おう、分銅屋どの」

出会い頭になった左馬介が驚いた。

「見に来てくださったので」

左馬介が当初の待機位置より接近していることに気づいた分銅屋仁左衛門が言った。

「遅すぎるわ」

左馬介が文句で応えた。

「申しわけありませんでしたね。思ったよりも手間取りまして」

「大事ないか」

詫びる分銅屋仁左衛門を左馬介は気遣った。

「殺すと言われましたがね、まともな商家ではそんなまねはできませんよ。奉公人たちは荒事《あらごと》になれていませんから」

「そうか、それはよかった」

左馬介が安堵した。

「店のなかは安全でしたがね、外はそうはいかないようで」

気を抜きかけた左馬介に、分銅屋仁左衛門が警告した。

「どういうことかの」

左馬介が問うた。

「加賀屋が無頼を呼びました」

歩き出しながら、分銅屋仁左衛門が告げた。

「無頼……あの男か」

すぐに左馬介は何度も絡んできた地回りを思い出した。

「手下を連れて来て、わたくしを殺して大川に流せと加賀屋が騒ぎましてね」

「なにを……加賀屋はまともな商人ではないのか」

聞いた左馬介があきれた。

「代々続いた大店の馬鹿息子というやつですよ。すべてが己の思い通りになると信じこんでいる」

分銅屋仁左衛門が吐き捨てた。

「子供だというわけだな」

「さようで。……どうやら来たようでございますよ」

駆け寄ってくる足音に分銅屋仁左衛門が気づいた。

「……多いな」

左馬介は苦い顔をした。

「このまま立ち止まらず、分銅屋どのは店へ向かってくれ」

「大事ございませんよ」

覚悟を口にする左馬介に、分銅屋仁左衛門がほほえんだ。

「しかし、多勢に無勢だぞ」

左馬介は緊張していた。

「なんのために、南町奉行所の役人が来るのを待っていたとお思いで」

「………」

分銅屋仁左衛門の話に、左馬介が唖然とした。

「五輪の与吉という御用聞きが、わたくしたちの後をきっちり付けてきてますからね。無頼どもの無体を見過ごしませんよ」

「そこまで考えに入れていたとは……」

左馬介が驚いた。

「利用できる者は、全部遣いませんと」

分銅屋仁左衛門が口の端をゆがめた。

「ということですので、諫山さま、手出しはなさいませんように」

「わかった」

注意する分銅屋仁左衛門に左馬介はうなずいた。

「待ちやがれ、分銅屋」

手下を三人連れた久吉が分銅屋仁左衛門を引き留めた。

「……はて、どちらさまでしょう。分銅屋と呼び捨てにされる覚えはございませんが」

見知らぬ他人に声をかけられる義理はないと分銅屋仁左衛門が首をかしげた。

「そんなことはどうでもいい。黙って、おめえは言うとおりにしていればいいのよ」

久吉が追いついてきた。

「おい、囲んじまえ」

「へい」

「合点で」

配下たちが回りこんだ。

「さて、おい、そこの浪人」

「拙者のことか」

左馬介はとぼけた。

「てめえだよ。ようやく殺していいとお許しが出た。よくも恥をかかせてくれたな」

「はて、どちらの御仁かの。初めてお目にかかると思うが」

左馬介も分銅屋仁左衛門同様、わけがわからないと戸惑って見せた。

「ふざけやがって……おい、構わねえ。やってしまえ。あとの始末は旦那が引き受けてくださる」

「わかりやした」

「任してくだせえ」

「ふへへへへ」

三人の手下が、懐から匕首《あいくち》を取り出した。

「なにをするんです。刃物なんぞ持ち出して」

わざとらしく分銅屋仁左衛門が怯えて見せた。

「くたばれ」

一人が分銅屋仁左衛門へと斬りつけた。

「それはさせぬ」

間に割りこんだ左馬介が、無手で男の斬りかかってきた腕を受け止めると、ひねりあげた。

「ぎゃああ」

左馬介から肩を壊すように逆へと曲げられた配下が悲鳴をあげた。

「こいつ」

別の一人が左馬介へ突っこんできた。

「ふん」

捕まえていた配下を盾にするよう、左馬介は身を回転させた。

「おう、危ねえ」

危うく仲間に斬りつけそうになった男が、あわてて後ろへ下がった。

「そろそろですかね」

分銅屋仁左衛門が囁いた。

「そうであって欲しいな。残っている三人同時にこられたら、相手できぬ」

盾となった配下の男を振り回しながら、左馬介が応じた。

「では、ちょっと急《せ》かしますか」

小声で言った分銅屋仁左衛門が、息を大きく吸った。

「人殺しだああ」

分銅屋仁左衛門が叫んだ。

「おわっ」

「こいつ」

配下が慌て久吉が顔色を変えた。

「人が来る前にやってしまえ」

久吉が配下の背中を叩いた。

「へい。おい、一度に行くぞ」

「おう」

二人の配下が顔を見合わせた。

「御用だ。御用だ」

少し離れたところから、五輪の与吉が声をあげながら走ってきた。

「町方だ」

「岡っ引きだ」

配下たちが逃げ腰になった。

「神妙にしろ。そこ動くな」

五間（約九メートル）ほどに迫った五輪の与吉が目に付くよう十手を振り上げた。

「まずい。逃げるぞ」

捕まっては終わりであった。目の前で匕首を振るっていたのだ。言いわけは効かない。久吉が背を向けて走り出した。

「あ、親方」

「こっちも逃げるぞ」

配下の二人も駆け出した。

「諫山さま。そいつも逃がしてください。捕まえられたら面倒で」

配下がしゃべって加賀屋へ町方にたどり着かれては、分銅屋仁左衛門にも火花が飛んでくる。分銅屋仁左衛門が小声で左馬介へ指示した。

「……………」

黙って左馬介が手を緩めた。

「置いていかないでくれ」

離された配下が右肩を左手で押さえながら走り出した。

「あっ、待ちやがれ」

五輪の与吉が制止をかけたが、それで止まるはずもない。

「おい、逃がすな」

連れてきていた下っ引きに命じて追わせ、己は分銅屋仁左衛門の隣で足を止めた。

「これはこれは御用聞きの旦那でございますか」

坪井一乱から聞いてはいるが、まだ分銅屋仁左衛門は直接五輪の与吉と会っていない。分銅屋仁左衛門が小腰を屈《かが》めた。

「盗人《ぬすっと》に襲われておりました。お陰で助かりましてございまする」

深々と頭をさげて分銅屋仁左衛門が礼を述べた。

「盗人……知っている顔じゃねえのか」

「いいえ。あいにく辻斬り強盗に知り合いはおりません」

分銅屋仁左衛門が首を横に振った。

「なにやら話していたようだが」

疑わしそうな目で五輪の与吉が分銅屋仁左衛門を見た。

「命が惜しくば金を出せ、出さないとの言い合いでございました」

「向こうはおめえを分銅屋だと知っていたのじゃないか」

否定した分銅屋仁左衛門へ五輪の与吉が迫った。

「両替屋として店を持っております。わたくしの顔をご存じの方はおられましょう」

白々しく分銅屋仁左衛門が答えた。

「そうけえ。ふうん」

疑っていると五輪の与吉が言外に臭わせた。

「あなたさまもわたくしをご存じでございましょう。今、お呼びになりました。しかし、わたくしは初対面でございますよ」

「…………」

後を付けていたと言うわけにはいかない。五輪の与吉が黙った。

「きっと捕まえてくださいますよう。あのような盗人がお膝元で出るようでは、安心して出歩けませぬので」

分銅屋仁左衛門が五輪の与吉に求めた。

「南町の与力清水さまとは親しくさせていただいております。今日のことはお話ししておきますので」

「……ああ。捕まえてみせる。気を付けて帰れ。近いうちに話を訊かせてもらいに行く」

与力の名前を出された五輪の与吉が、分銅屋仁左衛門への詰問《きつもん》をあきらめて、久吉たちが逃げた方向へと向かった。

「捕まえてからにしていただきますよう」

その背中に分銅屋仁左衛門が嫌みを投げかけた。

「……………」

「さあ、帰りましょう、諫山さま」

無言で立ち止まった五輪の与吉を残して、分銅屋仁左衛門が左馬介を促した。

第五章　返された手

一

加賀屋にこれからは自重しないと宣した翌日、分銅屋仁左衛門は田沼意次のもとへ、店の者を使いに出した。

「よいのかの」

直接行かなくても問題ないのかと、左馬介が心配した。

「わたくしでないほうが、よいのでございますよ。続けて出入りすると、目立ちましょう。寵臣《ちょうしん》である田沼さまのお屋敷は、いろいろな意味で注目されておりまする」

「それはわかる」

左馬介もうなずいた。

「隣近所はもちろん、田沼さまの実状を知ろうとする者は多い。そんなところへのこのことわたくしが足繁く通ってごらんなさい。あの町人は誰だ、何をしに来ているのだと気を引きましょう。結果、わたくしが田沼さまの足を引っ張ってしまうことにもなりかねませぬ。それは避けたい」

「なるほどの」

左馬介が納得した。

「用件を伝えるだけならば、誰でもよいといえばよいでしょう。それに、どうせあの御用聞きが、見張っているでしょうからね。わたくしが出歩くのはいささか」

分銅屋仁左衛門が首を横に振った。

「なにも言って来ぬな。どうやら捕まえ損なったようだ」

「無理でしょうねえ。地回りを捕まえるには、地元から離さないと。縄張りのなかなら、どこに辻があって、どこへ通じているとかを地回りはよく知ってますし、縄張りうちの家のなかには、地回りをかばう連中もいますから」

嘆息する左馬介へ、分銅屋仁左衛門が語った。

「捕まえなければ、恥ずかしくて顔を出せぬか」

左馬介が笑った。

「どうでしょうかね。三日もすれば、そんなことは忘れたとばかりに、やって来そうですがね」

分銅屋仁左衛門が苦笑した。

「どれ、ひさしぶりに店へ出ますか」

大店になると、まず主は店先へ顔を出さない。上得意や気を遣わなければならない相手が来たときに、客間で応接するくらいで、普段は奥の居室で帳面を確認するくらいであった。

「では、拙者は夜に備えて、休ませていただこう」

用心棒の仕事は、皆が寝静まってからになる。左馬介は、仮眠を取ると告げた。

「はい」

それを認めた分銅屋仁左衛門は、居室から店へと移動した。

「これは、旦那さま」

帳場に座っていた番頭があわてて立ちあがった。

「ああ、いいよ。帳場は番頭さんの仕事場だからね」

帳場は、店全体を見渡し、その日の金の動きを記帳する場所でもある。ここに座れるのは、主か店を預けられた番頭だけで、商人を目指す者の憧れであった。

「では、失礼をいたしまする」

番頭が腰を下ろした。

「敷きものをおくれな」

分銅屋仁左衛門が手代に頼んだ。

「へい」

すぐに手代が座布団を用意した。

金は重い。一枚一枚は軽いが、数が集まれば持ちあげるにも苦労するほどになる。その金を商いの道具としているのが両替商なのだ。金を扱う店先に畳を敷けば、その重みでへこんだり、銭函《ぜにばこ》の角ですって毛羽立たせてしまう。

また店先は客が出入りする場所でもある。そこの畳が傷んだまま放置されていると、代えるだけの余裕もないのかと疑われてしまう。

両替商に金がない。

これは致命傷となる。少しでもそういった噂を避ける意味合いもあり、両替商の店先は板の間になっていることが多かった。

代わりに来客には敷きものが供される。その敷きものを分銅屋仁左衛門は一枚使った。

「ごめんを」

実直そうな商人が、分銅屋へ入ってきた。

「いらっしゃいませ」

接客を担当する手代が素早く近づいた。

「小判を銭に崩していただきたいのでございますが」

実直そうな商人が用件を口にした。

「ありがとう存じまする。どうぞ、こちらへお掛けくださいませ」

手代が実直そうな商人を板の間に案内し、敷きものを勧めた。

「すべて波銭でよろしゅうございますか」

担当の手代が訊いた。

「はい。それでお願いをいたします」

「本日の相場は一両で六千文となります。あと切代《きりだい》として百二十文ちょうだいいたしまする」

切代とは、高額な貨幣を銭に替えるときの手間賃を言う。もとは大坂の言葉で、大きな金の板を少額なものへと切り分けたところから来ていた。

「百二十文でございますね」

納得した実直そうな商人が、懐から小判一枚と銭百二十文を取り出して、床に置いた。

「お預かりをいたしまする」

一礼して、手代が銭だけを受け取った。小判は両替した銭と目の前で引き換えるのが、少額両替の決まりごとであった。でなければ、あとで文句が出てくる。

「番頭さん、一両をお願いいたしまする」

担当の手代が、百二十文を帳場の台へと置いた。

「……欠けも偽もございませんな。たしかに」

四文銭三十枚、百二十文をていねいにあらためて番頭が受け取った。銭も使えばこすれて減る。あるいは銭袋のなかで互いに打ち合って欠けたりする。そういった傷のある銭は、四文では通用しない。また、銭を私鋳《しちゅう》する者もいる。もちろん見つかれば重罪だが、貧しい大名が、領内でひそかにこれをしていたりして、なかなか摘発はされていない。偽物は、当たり前だが混ぜものが多く、銅などの含有が少ない。

町中の屋台だとか、煮売り屋などであれば、こういった銭を四文ではなく、二文や一文として受け取り、他へ使っても咎《とが》めはまず受けない。が、両替商がそれをすれば、信用を失う。

両替商に勤めた最初に教えられるのが、私鋳銭や傷銭の見分け方であった。

「ほれ、六貫文」

番頭が銭函から銭を紐《ひも》に通してひとくくりにしたものを六つ取り出した。

「お預かりいたしまする」

手代がそれを客のところへと運んだ。

「どうぞ、おあらためを」

銭を手代が客の前に置いた。

「ごめんくださいまし」

一応断ってから、実直そうな商人が銭差しの一つを手に取って、端から数えだした。

「……九百五十八、九百五十九、九百六十」

一つ数えた実直そうな商人が、次へと移った。

銭は千枚で一貫とされていた。ただ実際は九百六十枚で一貫として通用した。これは銭を数えて紐に通し、ひとくくりにする手間賃として四十文かかるとしたのである。

「けっこうでございます。六貫文たしかにございました」

実直そうな商人が、検分したと言った。

「では、こちらをお納めください」

「はい」

小判と銭の交換がなされようとした。

「お待ちなさい」

分銅屋仁左衛門がそれを止めた。

「旦那さま」

「なにか」

番頭と手代が驚愕した。

「耳を確認してませんよ」

分銅屋仁左衛門が、手代に言った。

「た、ただちに」

番頭が帳場の引き出しから一枚の小判を取り出して、駆け寄った。

「…………」

実直そうな商人が黙った。

「拝見つかまつります」

番頭が一礼して、小判に手をかけた。

「…………」

店の小判を床に置き、その上に客が持ちこんだ小判を重ねた。

「……お客さま」

上から見下ろすようにしていた番頭が、実直そうな商人をじっと見た。

「耳が足りないようでございますが」

小判の四隅を耳と呼んでいる。

「そうかい。気がつかなかったよ」

実直そうな商人が取り繕った。

「かなりうまく落としてますが、全体も足りませんね」

番頭が厳しい顔をした。

「この間店先で受け取ったんだ。耳が削られているとは思っていなかった」

知らなかったと実直そうな商人が首を横に振った。

小判は時代によって差はあるとはいえ、その多くは金でできている。金は軟らかい金属で、割に簡単に加工できる。それを悪用して、小判の耳を少しずつ削り、その粉を集めて金細工職人などへ売り渡す行為が頻繁におこなわれていた。

当たり前のことだが、耳を削るのは御法度である。

「お取引できかねますな」

「悪かったね。気がつかなかったよ」

断られた実直そうな商人が手を振った。

「では、これを引き取らせてもらうよ……」

すっと実直そうな商人が小判へ手を伸ばし、店の出した検分用ごと摑んだ。

「あっ」

番頭も手代もその素早さに対応できなかった。

「いただいて……」

そのまま店を出ようとした実直そうな商人の姿をした盗人は、暖簾《のれん》ごしに伸びた十手で殴られ、倒れこんだ。

「逃がさねえよ」

暖簾を十手で払って黒の巻き羽織を身に纏《まと》った町方同心が現れた。

「佐藤さま」

「よう、分銅屋。面倒なことになっているな」

名前を呼んだ分銅屋仁左衛門に、南町奉行所定町廻り同心佐藤猪之助が手をあげて答えた。

「ううう」

鉄の棒でもある十手で頭を打たれたのだ。盗人は立ちあがれず呻《うめ》いていた。

「悪いが、誰か自身番へ走ってくれ。盗人を一人捕まえたとな」

佐藤猪之助が誰にともなく求めた。

「佐助、走りなさい」

「へい」

分銅屋仁左衛門に言われた若い手代が駆け出した。

「助かりました。お陰さまで金を盗られずにすみましてございまする」

立ちあがって近づきながら、分銅屋仁左衛門が礼を述べた。

「盗人を捕まえるのは、おいらの仕事だ。気にするねえ」

言いながら佐藤猪之助が、小判を握りしめている盗人の右手を十手で叩いた。

「ぎゃっ」

骨まで響いたのか、盗人が悲鳴をあげて小判を落とした。

「見抜かれた行きがけの駄賃にしちゃ、ちょいと厚かましすぎるだろう。あのまま持ちこんだ小判だけで我慢していれば、まだ言いわけも効いただろうに」

佐藤猪之助が、小判を拾いあげた。

「ほれ、これだな」

そのうちの一枚を佐藤猪之助が、分銅屋仁左衛門へと返した。

「ありがとうございまする」

分銅屋仁左衛門が小判を受け取った。

「おい」

痛みに呻いている盗人を佐藤猪之助が手荒に摑みあげた。

「最近、耳を欠いた小判が、品川《しながわ》や高輪《たかなわ》で出回っているのは、おめえだな」

「…………」

盗人は口をつぐんだ。

「そのようなことがございましたので」

分銅屋仁左衛門が驚いた。

「ああ、町奉行所に回って来たのも、つい先日でな。なにせ、あの辺りは町方じゃなく、品川代官の支配だからな」

佐藤猪之助が動きが遅いのは町奉行所のせいではないと言った。

「さすがに品川じゃ、評判になって仕事がしにくくなったのだろう。いきなり浅草まで足を延ばすなんぞ、手慣れてやがる。初めてじゃなさそうだ」

品川から江戸へ向かうならば、麻布《あざぶ》、新橋《しんばし》などを通る。その辺りを避けたのは、すでに噂が届いていると踏んでのことだろうと佐藤猪之助が見抜いた。

「両替商の間では、まだなにも」

分銅屋仁左衛門が困惑した。

金を扱うだけに両替商は、偽金などの情報に敏《さと》い。偽金が見つかれば、ただちにその特徴を記した書付が、同業者から回ってくる。

「江戸で最初の獲物が、分銅屋だったのじゃねえか。おい」

佐藤猪之助が、盗人を揺さぶった。

「…………」

盗人は反応しなかった。

「まあいい。金の細工は重罪だ。責め問いもまず問題なく許される。石でも抱いてから、白状するがいいさ。ほれ」

あきらめた佐藤猪之助が盗人から手を離すと、十手で臑《すね》を打った。

「ぎゃあ」

肉の薄い臑を打たれた盗人が叫び声をあげた。

「騙《かた》りの後は盗人をしようとしたわりには、根性のないやろうだ」

右膳を抱えて転がる盗人へ、佐藤猪之助があきれた。

「番屋の者が来たら、こいつを渡してくれ。南の佐藤があとで行くと伝えてくれればいい」

「よろしいので」

放置してどこかへ行くのかと、分銅屋仁左衛門が目を剝いた。

「逃げられないように、膳を叩いておいたのよ。なあに、折ってはねえよ。そのへんの加減はできなきゃ、町方は務まらねえからな。まあ一刻（約二時間）ほどは動くこともできねえだろうがよ」

啞然としている分銅屋仁左衛門に、佐藤猪之助が述べた。

「はあ」

荒っぽい扱いに、分銅屋仁左衛門が息を吞んだ。

「罪を犯すような連中は、痛い思いをさせねえと駄目なんだよ。捕まえてしまうとな、いろいろうるさい決まりがある。責め問いも上の許しがなきゃあるていどまでしかできねえようになっているだろう。だから、こうやって捕まえるときに抵抗したからと、痛めつけておくのさ。そうしておけば、二度と馬鹿をしようなどと思わないだろう。

思ったところで、痛みを思い出して二の足を踏むさ」

佐藤猪之助が、盗人を見おろした。

「なるほど」

やられるほうはたまったものではないだろうが、なにもせずに同じことを繰り返されては、庶民が困る。

分銅屋仁左衛門は佐藤猪之助の言いぶんを理解した。

「さて、余計なことが入ったがな。分銅屋、ちと話を聞かせてもらいたい。そう思って訪ねてきたのよ」

佐藤猪之助が偶然ではないと告げた。

「さようでございますか。どうぞ、奥へ」

首肯して分銅屋仁左衛門が、佐藤猪之助を奥の座敷へと伴った。

「先日のことでしたら、もう、お話しすることはございませんが」

座るなり、分銅屋仁左衛門が釘を刺した。

「侍殺しのことじゃねえよ。昨日の話だ」

「昨日の……もうお耳に」

言った佐藤猪之助に、分銅屋仁左衛門は驚いて見せた。

「それが町方の役目だからな」

佐藤猪之助が詳細の説明から逃げた。

「せっかくのお訪ねでございますが、なにもお話しするようなものはございません」

分銅屋仁左衛門が先回りして拒んだ。

「そうそう嫌がるもんでもなかろうに」

佐藤猪之助が苦笑した。

「通り一遍なもんだ。肩肘張らずに答えてくれればいい。まず、昨日の斬り取り強盗に見覚えはねえか」

「襲われて気がうわずっておりましたので、確実だとは申せませんが、見たことのない連中でございました」

訊かれた分銅屋仁左衛門が首を左右に振った。

「おぬしが、斬り取り強盗に遭ったくらいで、動転するだと」

佐藤猪之助が分銅屋仁左衛門を見た。

「わたくしは商人でございまする。お武家さまのように剣術を習ったことさえございません。白刃《しらは》を目にしたら、身体が竦《すく》んで当然でございまする」

分銅屋仁左衛門がなにを言われるかと抗議した。

「用心棒が一緒だったと聞いたぞ」

「諌山さまもご一緒くださいましたが、あのお方も剣術はからっきしでございまして」

続けて問うた佐藤猪之助へ、分銅屋仁左衛門が手を振った。

「よく、そんなのを用心棒として雇っているな」

「前もお話ししましたように、用心棒として来ていただいたわけではございません」

「知っているよ。帳面付けの手伝いなんだろう。それをよくもまあ、連れて歩けるものだと感心している。まるで案山子《かかし》じゃねえか」

案山子は田畑で鳥を避けるための人形である。人がいるぞと鳥たちに錯覚させて、見た目だけの虚仮威《こけおど》しだと言った。

田畑を狙わせないようにする。佐藤猪之助は左馬介のことを案山子と呼び、見た目だけの虚仮威しだと言った。

「案山子は役に立ちまする。なにせ、道場の主を雇うことを思えば半分以下の給金ですみますし」

その通りだと分銅屋仁左衛門が認めた。

「商人だな、おぬし」

「はい」

佐藤猪之助に言われた分銅屋仁左衛門がはっきりとうなずいた。

「わかった。邪魔をしたな」

これ以上は無駄だと考えたのか、佐藤猪之助が腰をあげた。

「ご足労いただきありがとうございまする」

御上役人はどのような用で来ても、商人は歓迎し、帰るときにはねぎらわなければならない。

分銅屋仁左衛門が手を突いて、礼を述べた。

「そういえば……今日、用心棒はどうした」

ふと思い出したように佐藤猪之助が問うた。

「夜に備えて休んでおりまする」

「ほう、夜に。帳面付けは明るいさなかでないとしにくいだろう」

帳面付けは嘘だろうと、佐藤猪之助が口の端をゆがめた。

「店を閉めてからでないと、一緒に検算するわたしや番頭の手が空きませんので」

慌てることなく、分銅屋仁左衛門が返答した。

「そういうことかい」

少し鼻白んだ佐藤猪之助が、分銅屋を出ていった。

「面倒なことを」

あからさまではないが、佐藤猪之助は井田の死について、左馬介を疑っている。分銅屋仁左衛門はそのことをあらためて知らされた。

「田沼さまにできるだけ早く手を打っていただかねば……」

分銅屋仁左衛門が爪を噛んだ。

二

お側御用取次は三人で役目を回している。

大岡出雲守忠光、高井但馬守《たじまのかみ》信房、田沼主殿頭《とのものかみ》意次の三人が、当番、非番、宿直番《とのいばん》を繰り返す。とはいえ、ただ一人幼少のみぎりに患った病で言語能力を失った九代将軍家重の意志をくみ取れる大岡出雲守忠光は、休みを取ることはできない。

田沼意次と高井信房は、大岡忠光の穴を塞ぐための勤務をおこなっていた。

「本日は宿直だったか」

「はい」

朝、田沼意次は信頼する家臣井上伊織に確認した。

「ならば、屋敷を出るのは、八つ（午後二時）ごろでよいな」

「準備をさせまする」

井上伊織が、田沼意次の前からさがった。

「殿」

その井上伊織が、急ぎ足で戻って来た。

「なにごとであるか」

田沼意次が用を果たしたとは思えないわずかな間でふたたび顔を出した寵臣に驚いた。

「分銅屋から、書状でございまする」

「よこせ」

井上伊織が差し出した書状を、田沼意次が奪うように取った。

「……さすがは、分銅屋じゃ」

読み終えた田沼意次が膝を打った。

「お伺いしても」

主君宛の書状を勝手に見るわけにもいかない。井上伊織が田沼意次の許可を求めた。

「分銅屋がの。先日、諫山を襲撃した侍の主家を見つけてきおった」

「それは……よくぞ知りましてございまする」

井上伊織が目を剝いた。

「加賀屋をうまく煽《あお》ったようじゃ。加賀屋の出入り先だとはわかっていたが、札差に禄の換金を任せている旗本や御家人は多いゆえ、特定できていなかったのだが……手柄であるな」

田沼意次も興奮していた。

「これで加賀屋の首を押さえられる」

幕府のすべてを米から金に代えるには大きな抵抗が二つあった。

一つは、一所懸命という言葉が残っているように、米すなわち土地に執着する武家たちの反発である。

そしてもう一つが、旗本、御家人の禄米を金に換えることを生業《なりわい》としている札差であった。

その札差の一つ、加賀屋を攻め落とす材料が田沼意次の手に入った。

「伊織、すぐに浅草蔵奉行のもとへ行き、加賀屋の取り扱い旗本のなかで田野里という者を見つけて参れ」

札差は浅草蔵奉行のもとへ、どこの家の代わりに米を受け取るかを届けてある。名前だけでは一万をこえる旗本のなかから田野里某を探し出すのは骨が折れた。

「ただちに」

井上伊織が承諾した。

浅草蔵奉行は勘定奉行支配で焼き火《たび》の間詰め、役料二百俵で目見え以上になる。身分は旗本ながらほとんど御家人と変わらない身代であった。が、札差から賄《まいない》を受け取っているだけ、裕福な生活をしている。とはいえ、九代将軍家重の寵臣、田沼意次の求めを断ることなどできようはずもなかった。

「…………」

なかなか進捗を見せない八代将軍吉宗の遺命進行に、一縷《いちる》の光が見えた田沼意次は、井上伊織の報告をただひたすら待った。

「戻りましてございまする」

遅めの昼餉《ひるげ》を摂《と》ろうかというところで井上伊織が帰ってきた。

「いかがであったか」

箸を置いて田沼意次が身を乗り出した。

「わかりましてございまする。田野里蔵人《くろうど》どの、浜町にお屋敷が有り、一千二百石」

「役目は」

「小普請組安藤伊賀守さま支配だそうでございまする」

しっかりと井上伊織は調べてきていた。

「よし、行列を仕立てよ。登城する前に、田野里のもとへ寄る。誰ぞ、先触れをいたせ」

食事を中止して、田沼意次が出ると言った。

「ただちに」

田沼家の歴史は浅い。家臣たちも意次の出世に応じて、仕官してきた者が多い。だけに田沼意次の命に否やを言う者などいなかった。

「今度は、儂《わし》の手腕を見せつけねばならぬ。これを押さえてこそ、分銅屋、そして諌山の信頼を得る」

田沼意次が決意を内に秘めて、駕籠《かご》に揺られた。

小普請組とは、無役の旗本の集まりである。その名の通り、江戸城の瓦が落ちた、塀が剝がれたなどの小さな修繕を担当する。とはいえ、武士に大工や左官のような技術はない。無理矢理させたところで、失敗するのが落ちだと幕府もわかっている。

幕府は小普請組に属している無役の旗本から金を取りあげ、それで要りような職人たちを雇う形を取っていた。

ようは、小普請組は何一つしない連中の集まりであった。

一千二百石といえば、幕府でもお歴々に入る。屋敷もかなり大きく、門構えも立派な造りをしていた。

「くたびれているな」

駕籠のなかから田野里の屋敷を見た田沼意次が呟いた。

無役の田野里とお側御用取次の田沼意次の間には大きな格の差があった。すでに前触れは出してあったが、当日の急な訪問になった。半刻（約一時間）ほど前まで、なにも聞かされていなかった田野里としては、田沼意次を迎える準備に大わらわである。

その結果、田沼意次は田野里の門前で待たされていた。

「足を動かせ」

行列を差配していた井上伊織が、門前で止まった行列に足踏みをさせた。こうすることでまだ着いておらず、歩みをしているとの体《てい》を見せ、田野里に待たされてはいないという形を取るのだ。

表門も開かれていない状態で行列が止まってしまえば、田沼意次が格下の田野里に待たされたとなり、評判を落としてしまう。

「開けええ」

なかから大きな声がして、表門が引き開けられていった。

武家屋敷の表門は、当主とその一族の通過、並びに格上の訪問でなければ開かれないのが慣例であった。

「御駕籠を式台までお運びくださいますよう」

応対に出てきた田野里の家臣が、田沼意次の駕籠を玄関式台に案内した。

「大儀である」

普通は玄関前の石畳で下ろされる駕籠が玄関式台まで許された。これは最上の扱いといえた。

駕籠から出た田沼意次が、田野里の家臣をねぎらった。

「ようこそのお見えでございまする。当家の主、田野里蔵人でございまする。田沼主殿頭さまには、初めてお目にかかりまする」

玄関式台で待っていた田野里が、出迎えた。

「田沼主殿頭でござる。急な来訪にもかかわらず、ご懇切なごあいさつ痛み入りまする」

田沼意次もていねいに応じた。

「どうぞ、奥へ」

田野里が田沼意次を客間へと案内した。

「お役目に出なければなりませぬのでな。前置きは抜きでお願いいたしたい」

「ご多用は存じております」

いきなり用件を告げると言った田沼意次に、田野里がうなずいた。

「田野里どのは、御番入《ごばんい》りをなさる気はおありかの」

「御番入りでございますか」

番入りとは、小普請を出て番方に就くことを言う。長崎奉行や奥右筆《おくゆうひつ》のような役方と違い、大番組やお先手組《さきてぐみ》に余得はないが、それでも小普請とは大いに違った。

「さよう。さほどのところへお就けできぬが、そこから先は才覚次第で……」

たいした役目ではないし、最後まで言わず後々の保証はしないと田沼意次は言外に告げた。

「いや、かたじけなし。どのようなお役目でも結構でござる。この田野里蔵人、誠心誠意務めますゆえ、何卒《なにとぞ》ご推挙をたまわりたく」

田野里が田沼意次に迫った。

「落ち着かれよ」

田沼意次が手を上下させて、田野里を制した。

「ただ、ご推挙申しあげるについて、一つ確認いたさねばならぬことがござる」

「なんでございましょう。田野里の家譜や先祖功名帳ならば、すぐにでもお渡しできまするが」

己の家の歴史と先祖の手柄を記したものは、旗本、いや武家にとってなによりも大事なものである。田野里が取りに行ってこようかと訊いた。

「それならば、奥右筆に控えがございましょう。奥右筆部屋に、家譜の写しが出されておるはずでござれば」

田沼意次が不要だと言った。

「はあ。では、なにを」

勢いこんだ田野里が、残念そうに問うた。

「みょうな傷は出て参りますまいな」

「……みょうな傷とはどのような」

「家臣が江戸の市中で喧嘩沙汰など起こしてはおらぬであろうな」

「……それはっ」

「そのうえ、浪人相手に負けて死体を晒《さら》すようなまねを……」

「ひっ」

すべてを見透かすような目で田沼意次から見られた田野里が悲鳴をあげた。

「な、なんのことでござろう」

田野里が目を背けた。

「家臣が浪人に負けて殺された。そのような家を番方に推挙するわけには参らぬ。また、そのような恥を掻いた者は、上様の旗本としてふさわしくない」

「………」

冷たく言う田沼意次に、田野里が声を失った。

「ご貴殿は大丈夫でござろうな」

脅しの後に、田沼意次が確認を求めた。

「大事ございませぬが……」

否定した田野里が、一度唾を呑んだ。

「後学のためにお教えいただきたい。そのようなことがあった場合、仮にあったとしたときは、どういたせばよろしいのでございましょう」

田野里が己のことではないがと、念を入れつつ尋ねた。

「知らぬ顔をするのはよろしくござらぬ。死体は隠せませぬでな。町奉行所なりが回収し、身許を探しましょう。また、町奉行所はこういったことに慣れておりまする。死んだ侍の人相書きを高札場《こうさつば》に貼るなどすれば、知り人も現れましょう。そうなったとき、目付が動きまする」

「目付……」

旗本を潰す権を持つ目付ほど怖ろしいものはない。田野里が震えた。

「では、どうすれば……」

すがるような目つきで田野里が田沼意次を見た。

「………………」

無言で田沼意次が田野里を見つめた。

「……主殿頭さま」

力なく田野里が首をうなだれた。

「知れているのだ、もう」

田沼意次が重い声で宣した。

「ただ今は、儂だけしか知らぬ」

「なにとぞ、なにとぞ」

田野里が手を突いた。

「加賀屋などに踊らされるからじゃ」

「金を、貸した金を引きあげると言われ……」

責められた田野里が、泣きそうな声で言いわけをした。

「金で家臣を売ったとは……」

出世したことで多くの新参者を抱えなければならなくなった田沼意次は、譜代の家臣の大事さを身に染みて知っている。

思わずため息を漏らした。

「今さら申しても仕方ない。問題はこれからどうするかである」

「お助けをくださいませ」

田野里が泣きついた。

「少し遅いが、まだ手は打てる。ただし、猶予はあまりない。目付に聞こえる前におぬしが動かねばならぬ」

「今から、すぐに働きまする」

「うむ。その言葉信用しよう。では、策を授けよう。南町奉行所へ行き、奉行の山田肥後守《ひごのかみ》どのにお会いなされ。そこで、浅草材木町で死していた者は、当家の家臣であると告げられよ」

「そのようなことを申せば、目付に……」

田野里が首を激しく横に振った。

「最後まで聞かぬか」

田沼意次が田野里を叱りつけた。

「……はい」

田野里が震えあがって背筋を伸ばした。

「おぬしを見捨ててもよいのだぞ」

「申しわけございませぬ。言われる通りにいたしまする」

田沼意次に見限られたら終わりとわかっている田野里が、今度は首を何度も上下に動かした。

「次に不足を申したならば、儂はもう知らぬ」

釘を刺してから田沼意次が続けた。

「先日、不埒を働いた家臣を折檻《せっかん》いたしたところ、屋敷を逃げ出し逐電いたした。樫《かし》の棒で足と首を打擲《ちょうちゃく》したので、さほど遠くへ行くまいと探しておったところ、浅草で死んだ侍がいるとの噂を耳にし、人相書きを確認したところ、当家の者に相違なし。

遺族の者もおるゆえ、遺品などを返還ねがいたい。そう言ってくれればよい」

主人は家臣の生殺与奪を握っている。さすがに近年はなくなったが、幕初は不始末をしでかした家臣を手討ちにすることはままあった。あまりに多くの家臣を誅殺《ちゅうさつ》したり、幕府に名前の知られている家老などを放逐したりすると目を付けられたが、そうでなければ黙認される。

「なるほど」

田野里が納得した。

「不埒をおこなった家臣とはいえ、譜代の者を無縁仏にするはしのびない。遺骨を引き取り供養をしてやろうと思うとでも付け加えれば、田野里どのは情け深き者、主の鑑《かがみ》と称賛されましょう。そうなれば、番入りに支障を申したてる者はなくなりますぞ」

険しかった口調を田沼意次が柔らかいものへと戻した。

「おう、おう」

うれしそうに田野里が首肯した。

「番入りさえしてしまえば、後はいくらでもやり用がござろう。いささかの費《つい》えはかかりますがの」

「重々承知いたしておりまする」

田野里がうなずいた。

「お急ぎあれよ。遅くなればなるほど、家臣を見捨てたという悪評が強くなりまする」

「今から、ただちに」

田沼意次は死んだ侍が田野里の家臣だと世間が気づいているとは言っていない。田野里は動かなくても家臣を見捨てたとはならない。それを田沼意次はごまかして、すぐに町奉行所へ走れと急かした。

「では、これ以上おっては迷惑になりましょう。いわずともわかりましょうが、加賀屋には内密になされ。知られれば邪魔してくるは必定《ひつじょう》」

「なぜでござる。拙者が出世すれば、金も入り、加賀屋へ借財を返せましょう」

田野里が首をかしげた。

「商人は金で武士の首根を押さえようとしておるのよ。借財でがんじがらめにし、商人の言うとおりにしなければならなくなるようにの。おぬしはそれで譜代の家臣を一人死なせる結果になった。おわかりかの。話は今回だけで終わったわけではござらぬ。また、加賀屋に都合の悪い者が出たとき、刺客をもう一度と言うには、田野里家の借財が減っては困るのだ」

嚙んで含めるように、田沼意次は述べた。

「武士を金で縛ろうなど と……」

田野里が憤慨した。

「そうなっては困ろう。先代上様は、武士も金を持つべきだとお考えであられた。金さえあれば、商人ごときの機嫌を取らずともすもう」

「まさに、まさに」

強く田野里が同意した。

「天下は武家が治める。しかし、それが崩れてきている。武士があまりに金に疎いがために、商人の思うようにされてしまっている。それを変えるには、金の苦労を知っている者が、幕府を支えるしかない」

「お任せあれ、この田野里、金の苦労ならば人後に落ちませぬ」

田野里が胸を叩いた。

三

「まったく、失敗ばかりしおって。斬り取り強盗を目の前にしながら逃がすなんぞ、十手を預けている儂の恥じゃ」

佐藤猪之助が、五輪の与吉を叱りつけた。

「申しわけございやせん」

五輪の与吉が頭を垂れた。

廻り方同心と御用聞きは持ちつ持たれつの関係になる。十手を許されることで御用聞きは、縄張りの商家や民家から、合力《ごうりき》という名目で金を集められ、廻り方同心は小遣い銭ていどの端金《はしたがね》で手下《てか》を抱えられる。

また、一人では到底担当地域の面倒を見られない廻り方同心にとって、縄張りを把握している御用聞きは、いざというときの大きな戦力になる。

御用聞きが訊きだしてきた話で、手配の盗賊や、下手人を捕まえることは多い。それは廻り方同心の手柄となり、出世に繋がっていく。

また、十手を預けてくれている与力、同心が出世するたびに、配下の御用聞きの顔と名前が売れていき、その名声を頼りに商家などが寄ってくる。縄張りが拡《ひろ》がるのだ。

　これはものごとがうまく回ったときの話で、もちろん失敗するときもある。

「逃がしたらしい」

「強盗を捕まえられない御用聞きに、お金を払う意味は……」

　悪評が出れば、今まで金をくれていた商家は、他の御用聞きへと鞍替《くらが》えしていく。

「こんな親方の下じゃ、いつまで経《た》ってもうだつはあがらねえ」

　配下の下っ引きに見限られる。

「とても十手を預けちゃいられねえな」

　なにより与力、同心に十手が取りあげられることになる。できの悪い御用聞きに十手を預けているとなれば、己の評価も落ちるのだ。

「浅草材木町の仏の調べも進まねえ」

「…………」

　佐藤猪之助に睨まれた五輪の与吉がうつむいた。

「てめえが怪しいというから、分銅屋へ二度も出向いたのによ、まったく手応えさえありゃしねえ」

「……あれは、まちがいございやせん。あの浪人が……」

「撲殺の武器は鉄扇《てっせん》だったか、ふん。そんなもの、持ってもいなかったわ」

「隠したに違いありやせん」

これ以上の失敗はまずい。五輪の与吉が必死で喰い下がった。

「……そこまで言うなら、もう一度機会をくれてやる。分銅屋の浪人が前に住んでいた長屋へ行き、その辺の住人に話を聞いてこい。鉄扇を使うのならば、稽古をしているところを見た者はいよう」

「へい。かならずや」

五輪の与吉が尻に帆を掛けた。

左馬介が引っ越す前に住んでいた長屋は、その日暮らしの者たちが必死に生きている場所でもあった。だけに身を寄せ合う。そんな長屋によそ者が入って来ては警戒される。

「ちょいと訊きてえ」

佐藤猪之助に叱られた五輪の与吉は、最初から十手を見せつけた。

「……なんでござんしょう」

昼間の長屋にいるのは、夫を仕事に出した妻と相場は決まっている。

そこへよそ者のうえに御用聞きが来た。掃除、洗濯、炊事と家事に追われつつ、背中に負ぶった子をあやしていた女が、表情を消した顔で応じた。

「御用の筋だ」

もう一度念を押すように五輪の与吉が、十手をひけらかした。

「ここに以前住んでいた浪人がいたろう」

「浪人なんて、いくらでもいるよ。今も二人ほどいなさるよ」

訊かれた女が答えた。

「大柄な浪人だ。名前は諫山とか言ったはずだ」

五輪の与吉が名前を出した。

「諫山さま、ああ」

思い出したと女が手を打った。

「そいつだ。そいつは鉄扇を使ってなかったか」

「てっせん……ってなんです」

女が首をかしげた。

長屋の女房は扇子など持っていない。ましてや鉄扇など知ってさえいなかった。

「鉄でできた扇だ」

「そんな重いもの、なにするんです。扇《あお》げませんよ」

言われた女が笑った。

「そんなことはどうでもいい。諫山がそれを使っているのを見たことはないか」

「知りませんねえ。鉄扇がなにかもわからないんですよ」

女が中断していた洗濯を再開した。

「おい、ちゃんと話を聞け。御用だと言っただろうが」

五輪の与吉は佐藤猪之助に見限られそうになったことで焦っていた。

「御用でも、知らないものは知らないんですよ」

さっと洗い終わった汚水を女が撒《ま》いた。

「なにしやがる」

跳ねを浴びそうになった五輪の与吉が避《よ》けた。

「洗濯をしてますのでね」

女が新しい水を井戸から汲んだ。

「ちっ、こいつじゃ話にならねえ」

五輪の与吉が、あきらめた。

反抗的だからと言って、縄張り外の者に手を出すわけにはいかない。それをすれば、まちがいなくここの長屋を縄張りにしている御用聞きから苦情が出る。直接五輪の与吉へ言って来てくれれば、宥《なだ》めようもあるが、担当の町方同心から佐藤猪之助へ話を持ちこまれてはまずい。

「ここは居そうだな」

長屋には出稼ぎではなく、一日籠もってなにかを作っている職人も住んでいる。五輪の与吉は、物音のする長屋の戸障子をいきなり引き開けた。

「邪魔するぜ。御上の御用を承っている者だ」

「な、なんでえいきなり」

作業をしていた中年の男が驚愕した。

「この長屋に居た諫山という浪人について知っているだろう」

「御用聞きの旦那ですかい。脅かさないでくださいよ。まったく、危うく一つ駄目にするところだった」

中年の男が、鏨《たがね》を打っていた銅板を確かめた。

「おい」

こっちを向けと五輪の与吉が中年の男を怒鳴った。

「……すいやせんね。これを今日中に仕上げなきゃ、おまんまの食いあげになっちまうもんで」

悪びれた風もなく、中年の男が言った。

「御用だと言ってるだろう」

「見かけないお方でござんすね。この辺りはご神火《じんび》の親分さんの縄張りだったはずで」

「話は通している」

「さようでござんすか。でも、諫山さまなら、少し前に出て行かれやしたよ」

中年の男が告げた。

「諫山は鉄扇、鉄でできた扇を持っていなかったか」

「鉄でできた扇ねえ。そんなもん持ってましたかねえ」

中年の男が首をかしげた。

「よく思い出せ」

「……どうでしょうねえ。浪人さんは食べていくのが大変で、仕事が三日なければ米《こめ》櫃《びっ》が干上がるお方ばかりですぜ。刀も売るのに、そんな役にも立たねえ鉄扇なんぞ真っ先に金に換えてましょう」

「見たことないんだな」

「ございやせんねえ。そもそも一日籠もっているあっしは、まず他の連中と顔合わしませんからね」

中年の男が首を横に振った。

「ちっ」

五輪の与吉が舌打ちをして、出ていった。

「閉めてさえいきやがらねえ」

文句を言いながら、中年の男が腰をあげた。

「諫山の旦那はなにかしでかすようなお方じゃねえが……鉄の扇なあ。それかどうかはわからないが、棒みたいなものを帯に差しておられたな」

中年の男が独りごちた。


左馬介は鉄扇を持たない生活に落ち着かなかった。

「どうも腰がさみしくてたまらぬ」

「わかりますが、まだいけませんよ」

分銅屋仁左衛門が宥めた。

「しかし、これでは用心棒の意味がない」

守る手段を持たない用心棒など、なんの役にも立たない。

「坪井一乱先生のところへ今行くわけにも参りませんしねえ」

「町方が見張っているか」

「まちがいなく、ここと坪井先生の道場に、下っ引きがついていましょう」

確かめるような左馬介に、分銅屋仁左衛門がうなずいた。

「そのぶん、安心ですよ。加賀屋の手も、なにもできませんから」

「他の盗賊も同じか……」

「はい。先日の騙り盗人と同じ目に遭いましょう……」

言い終わって分銅屋仁左衛門が、難しい顔をした。

「どうかしたか、分銅屋どの」

「いや、わざと変な連中に襲わせて、諫山さまの腕を見るということもあるのではと」

懸念を口にした分銅屋仁左衛門に、左馬介は唸った。

「むうう」

「となれば、うかつなまねはできぬ」

左馬介が困惑した。

「しばしのこと、田沼さまの策がなるまでのご辛抱でございますよ」

「……であればよいが」

慰める分銅屋仁左衛門へ、左馬介は不安を見せた。


五輪の与吉は、ようやく左馬介のかつて住んでいた長屋で、一つの証言を得た。

「諫山さまが、長屋のなかで舞いをなさってましたよ。なにやら右手に扇子のようなものを持って、部屋のなかで動き回っていらっしゃいました」

「手にしていたのは普通の扇か」

「扇でしたねえ。開いておられましたし」

問われた長屋の住人が認めた。

「どんな舞いだった」

「扇を手に動き回っておられたので、舞いだと思っただけで、あっしは舞いなんてものを見たことは一度しかございませんから、なんの舞いだかまではわかりやせん」

植木の下職だという男は、得意先の商家で、そこの店の娘が扇を手に舞いの稽古をしているのを見ていた。

「舞いの名前じゃねえ。動きを訊いている」

意味が通じていないことに五輪の与吉が苛《いら》ついた。

「動き……」

「ええい、わからねえのか。そのときの諌山の動きをやってみせろ」

まねてみろと五輪の与吉が命じた。

「そう、怒鳴らねえでくだせえよ」

折角話をしたというのに、叱られては割が合わない。長屋の男が不満そうに言った。

「第一、扇なんぞ持ってやせんよ」

なんにもないと長屋の男が手を広げて見せた。

「面倒な野郎だ。ほれ、これを使え」

五輪の与吉が腰に差していた煙草《タバコ》入れから、煙管《キセル》を抜き出して渡した。

「いい煙管でござんすね。細かい仕事がしてある」

長屋の男が、煙管に施された細工を褒めた。

「さっさとやれ。でなきゃ、しょっ引くぞ。どうせ、叩けば埃《ほこり》くらい出るだろうが」

五輪の与吉が脅した。

「………」

顔から表情を消して長屋の男が立ちあがった。

「腕をあげて、さげて、右から左へ薙《な》いで……それは舞いじゃねえ。剣術と同じだ」

見ていた五輪の与吉が興奮した。

「それを繰り返していたんだな。よし、これで旦那に叱られずにすむ」

喜んだ五輪の与吉が、駆け出していった。

「……煙管忘れていきやがった。ありがてえ。駄賃代わりにいただいとこう。そこそこの値段で売れるだろう。ふん、取りに来たときには、もうねえよ」

長屋の男が笑った。

江戸町奉行所の与力、同心のほとんどは八丁堀《はっちょうぼり》の組屋敷に住んでいる。なかには市中に妾宅《しょうたく》を設け、そちらから町奉行所へ通う者もいるが、佐藤猪之助は組屋敷に在していた。

「旦那、見つけやした」

組屋敷へ五輪の与吉が走りこんできた。

八丁堀は役目がら、夜中でも人の通りがある。すでに日が落ちてかなりのときが経っていたが、佐藤猪之助はまだ起きていた。

「なにっ、あの浪人が鉄扇を使っているとわかったのか」

「へい。旦那のおっしゃった長屋で、浪人が鉄扇を振るっているのを見たことがある男を探しだしやした」

佐藤猪之助の確認に五輪の与吉が首肯した。

「よくやった。これでおもしろくなるぞ」

「おもしろくなるとは、どういうことで」

五輪の与吉が問うた。

「先日の斬り取り強盗の一件よ。てめえが逃がしてしまったお陰で、確たる証拠はねえが、浅草材木町の侍殺しにかかわっている連中が、江戸の町中で斬り取り強盗に遭う。そんな偶然があってたまるけえ」

佐藤猪之助が述べた。

「では、あの斬り取りは……」

「分銅屋に恨みのある野郎だろう」

しっかりと佐藤猪之助が首を縦に振った。

「両替屋に恨みでござんすか」

五輪の与吉が怪訝な顔をした。

「分銅屋はただの両替屋じゃねえ。両替だけで、あれほどの蔵が建つわけねえだろう。

分銅屋の本業は金貸しよ」

「なるほど、金貸しは恨みを買いやすすね」

説明をうけて五輪の与吉が納得した。

「逆恨みでしかねえがな。嫌なら借りなきゃいいだけだ。利子が高いとか文句を言うのは大きなまちがいよ。最初からわかっている話だろう。それを知っていながら借りて、恨むなんぞとんでもねえ」

佐藤猪之助が吐き捨てた。

「…………」

五輪の与吉が黙った。

「要らぬ話だったな。それよりも明日だ。朝一番に奉行所で、分銅屋へ手を入れる許しを得る」

分銅屋は南町奉行所に出入りをしている。しかも筆頭与力とつきあっているのだ。勝手なまねをしては、佐藤猪之助が叱られる。

「へい。では、あっしは手下を集めて分銅屋近くで待っておりやす」

「ああ、こちらも奉行所から捕り方を連れて行く。相手は手強いからな」

「お願《ねげ》えしやす」

町奉行所の同心見習い、小者たちは日ごろから捕り物の練習を繰り返している。刺《さす》股《また》や梯子《はしご》など、刀を持った浪人の捕縛にも慣れていた。

「では、あっしはこれで」

「おう、ご苦労だったな」

帰るという五輪の与吉を佐藤猪之助が見送った。

四

町奉行所の朝は早い。なにせ町奉行が五つ（午前八時ごろ）には江戸城へ登り、昼まで詰めていなければならないのだ。下城を待っていては困る用件もある。

夜が明ける前から南町奉行山田肥後守利延《としのぶ》と筆頭与力清水が打ち合わせをおこなっていた。

「畏れながら、定町廻り同心佐藤猪之助が、筆頭同心さまに至急の用件でお目通りをと参っておりまする」

内与力という用人のような役目を果たす山田肥後守の家臣が襖の向こうから声をかけてきた。

「御用ならば、遠慮は要らぬ。ここへ通せ」

山田肥後守が佐藤猪之助を呼びつけた。

「そなたの手が離れるのは痛い」

町奉行は朝、筆頭与力から昨夜の江戸の様子、最近の市中の噂などを聞き取る。それを怠って登城すればえらい目に遭う。

「こういうことがあるらしいが、それについて肥後守はどう思案いたす」

老中からそう下問《かもん》されたときに答えられなくなるからだ。

「なにをしておるか、そなたに江戸の町を預けたはまちがいであった」

返答できなかったり、まちがえたりしたら、叱られるだけですまない。町奉行に失敗は許されなかった。

「畏れ入りまする」

重要だと言われた清水が恐縮した。

「では、続いて……」

「ごめんくださいませ」

次の用件を話し始めたところに、佐藤猪之助が顔を出した。

「開けてよい」

山田肥後守が内与力に襖を開けろと指示した。

「お奉行さまにはご機嫌……」

「無駄な挨拶はよい。何用か申せ」

少しの時間でも惜しい。山田肥後守が口上を述べかけた佐藤猪之助を止めた。

「はっ。申しわけございませぬ」

佐藤猪之助が頭をさげた。

「どうした」

清水も佐藤猪之助を急かした。

「先日浅草材木町で見つかった侍の死体について、殺した者がわかりましてございまする。浅草門前町の両替商分銅屋に寄寓しておりまする諫山左馬介と申す浪人が、侍を撲殺いたしましたよし。ただちに捕り方を向かわせたく、お許しを願いまする」

一気に佐藤猪之助が告げた。

「無用じゃ」

一言で山田肥後守が拒んだ。

「えっ」

一瞬、佐藤猪之助が呆然とした。

「だから、分銅屋へ捕り方を出すことは認めぬと申した」

「お、お待ちくださいませ」

もう一度言った山田肥後守へ、佐藤猪之助が目を向けた。

「分銅屋はたしかに南町奉行へ出入りをいたしております。しかし、人殺しをした下手人を野放しにするわけには参りませぬ。金で奉行所が下手人を見逃したなどと言われては、お奉行さまのご一身にもかかわることに」

出世の妨《さまた》げになるぞと佐藤猪之助が臭わせた。

「聞こえなかったのか。捕り方は出すな」

山田肥後守が機嫌を悪くした。

「清水さま……」

佐藤猪之助が清水へと顔を向けた。

「あの一件、分銅屋にかかわりはない。それが昨日知れた」

「なにを仰せで……」

清水にも言われた佐藤猪之助が戸惑った。

「あの侍を死なせたのが誰かわかったのだ」

うるさそうに山田肥後守が続けた。

「それは諫山左馬介では」

「違うと申しておる。最後まで話を聞かぬか。その有様では、まともに定町廻りを果たしておるようには思えぬぞ」

「それは……」

清水に叱られた佐藤猪之助が顔色をなくした。

町奉行所役人の人事は年番方与力の仕事であるが、筆頭与力にはそれに介入するだけの力があった。清水に睨まれれば、担当地域から出入り金以外にいろいろな余得をもらえる定町廻り同心の役目から外されかねなかった。

「あの死んでいた侍は旗本田野里どのの家中であった井田某という者よ。不始末をしでかしたので田野里どのが棒にて打ち据えたところ、逃げ出したとのこと。譜代の家臣ゆえ、行方を探していたところ、浅草材木町で敢《あ》えない最期を遂げていると知れたそうだ。そこで、昨日お奉行さまのところへお見えになり、罪を許し、遺体を引き取って供養してやりたいと言われたのだ」

「まさか……」

佐藤猪之助が息を呑んだ。

「まさかだと。そなた旗本一千二百石の田野里どのを疑うと申すか」

きっと山田肥後守が厳しい目で睨んだ。

「いえ、その」

「吾が身の恥ともなることを、譜代の家臣を哀れんでしのばれた田野里どののお心をくみ取れぬとは、情けない。そのようなことゆえ、町方は不浄職などと卑下されるのだ。武士は家臣を労ってこそ、戦場で手柄が立てられる。それを……」

「お奉行さま、そろそろ登城の刻限でございまする」

叱り続けている山田肥後守に、清水が告げた。

「もう、そのようなときか」

山田肥後守が息を吸った。

「そなたのせいで、無駄なときを費やしたわ」

「申しわけございませぬ」

まだ怒っている山田肥後守に、佐藤猪之助が身を縮めた。

「清水、後は任せた」

「はっ」

清水が引き受けた。

山田肥後守を見送った清水に、佐藤猪之助が近づいた。

「まことに田野里さまが……」

「知らぬ。井田某という者が殺されたところを見ていたわけではないからの」

訊かれた清水が佐藤猪之助へ答えた。

「だが、田野里さまがお奉行さまへお話しした段階で、これが真実になった」

「ですが……」

まだ佐藤猪之助があきらめきれないと言った。

「よいか。あれは殺しじゃない。お手討ちだ。逃げ出した家臣を追い、討ち果たすのは主君の権であり、義務でもある。家臣が主君のもとから了解なしに去る。これは忠義の根本を揺るがす御上の大事」

「御上の大事……」

話の巨大化に佐藤猪之助が驚愕した。

「あの一件は町奉行所の手に余るところへいってしまったのだ。ご苦労であった」

清水が佐藤猪之助に引導を渡した。

旗本による家臣手討ちという、近年にない事件はあっという間に江戸城内に広がった。

「自らの恥を表に出してでも、逃げた家臣を無縁仏から救うとは、田野里どのこそ、花も実もある武士である」

「情のある主に仕えておきながら、不埒を働いたうえ折檻を受けたからと逃げ出すなど陪臣の風上にも置けぬ」

噂は田野里を讃えると同時に井田を非難した。

「武家奉公は恐ろしいな」

主の機嫌で命を取られる。庶民はあらためて武士というもののもつ暴力に怖れおののいた。

「どう思う、坂田氏」

「みょうな話よな、芳賀氏」

町方書上を見て、井田の死に興味を持っていた二人の目付がともに疑念を口にした。

「田野里とはどのような者だ」

「いろいろ問い合わせてみても、誰も知らぬ。いや、小普請組頭に一度推挙を頼み出たことはわかった」

「ほう、何役を望んだ」

坂田が問うた。

「長崎奉行だそうだ」

「……馬鹿か、田野里は」

芳賀の返答に坂田があきれた。

「長崎奉行が小普請から一気になれるものではないと、少し調べればわかることではないか。それくらいの気配りというか下調べもできぬ輩《やから》が、花も実もある武士の鑑……冗談にもほどがあろう」

「うむ」

芳賀も同意した。

「裏で筋書きを書いた者がおる」

「であろうな」

二人の目付が表情を険しいものにした。

「調べるか」

「そうよな。田沼とのかかわりが出てくれば、手出しをする取っ掛かりになってくれよう」

坂田の提案に、芳賀も納得した。

「まずは事件の詳細を知らねばなるまい。南町奉行所であったな、取り扱いは」

「南町奉行の山田肥後守には訊けぬぞ。田野里こそ旗本であると大騒ぎで喧伝《けんでん》しておるからの」

「ふん。己が家臣の弔いをしたいと遺体、遺品の引き取りを申し出た田野里の願いを聞いてやった。己も情けを知る者であると自画自賛しておるな」

　鼻先で坂田が笑った。

「なんでも利用できるものは利用する。さすがは肥後守じゃ」

　芳賀も嘲笑した。

「奉行が使えぬならば、与力か」

「担当した同心のほうがよろしかろう。手柄になるはずだった一件を、町奉行にかっさらわれて気分を害しておるだろう」

「なるほど。町奉行は町方役人ではない。代々町方役人として世襲し、不浄な者と嫌われてきた者にとって、旗本の出世頭でもある町奉行は上司ではない」

「町方役人を踏み台にして、旗本の出世していくだけの敵」

「不満を利用するか」

「頼めようか」

　芳賀が坂田に任せていいかと訊いた。

「徒目付《かち》を使えばよいだけだ。わかった。その代わり、芳賀氏は」

「田野里を調べる。なにが田野里を動かしたか、死んだ家臣のことも含めて洗いだそう」

「よし」

芳賀と坂田が顔を見合わせてうなずき合った。


城中での噂は、その日のうちに江戸市中に広がる。

「どうやら田沼さまの手が功を奏したようでございますな」

分銅屋仁左衛門が安堵の表情を浮かべた。

「終わったのか……」

左馬介はまだ信じられなかった。

「人一人の死が、こうも簡単に処理されるなど」

「お侍さまの考えというやつですね。戦で首を獲って出世してきた、いや、人を殺すことで生活してきた武家にとって、家臣一人の命など紙ほどの値打ちもないのでしょう。そこを利用したお見事な手法ではございますが……」

分銅屋仁左衛門も田沼意次の手段に困惑していた。

「侍の死でさえ、あっさりと消える。浪人の命など羽根よりも軽い」

「それは町人も同じでございましょう。さすがに無礼討ちは最近聞きませんが、かつては道でぶつかっただけで斬り捨てられたと言いますよ」

　震える左馬介に、分銅屋仁左衛門が同じだと言った。

「田沼さまに大きな借りができてしまった」

「借りじゃございませんよ」

　落ちこむ左馬介に、分銅屋仁左衛門が首を左右に振った。

「田沼さまの、いや八代将軍吉宗さまのご遺言にわたくしどもは力を貸しているわけでございます。いわば、向こうが借りを作っている状況。なにせ、わたくしが襲われたのは、すべてそれがらみ。加賀屋のことも米を守りたいという札差の抵抗から来たものでしかありません」

　すべては田沼意次が、吉宗が負うべき責任だと分銅屋仁左衛門は述べた。

「借りの一つを返してもらっただけ。そうお考えくださいな。田沼さま、わたくし、諫山さまは一心同体。いや、一蓮托生《いちれんたくしょう》。田沼さまが諫山さまを助けたのは、己の右手を守っただけでございますよ」

「……………」

あっさりと告げる分銅屋仁左衛門に、左馬介はなにも返せなかった。

「さて、店に出ましょう。あまり根を詰めなさいますな」

一人にしてやろうと、分銅屋仁左衛門が部屋を出て行った。

「……人一人殺したのだぞ。それがなかったことになってしまった。拙者の命がけの戦いが、罪が、消えた」

分銅屋仁左衛門の前では我慢していた震えが出た。

「一日いくらで金をもらっている日雇いには、きつすぎる」

左馬介が瞑目《めいもく》した。

〈つづく〉

本書は、ハルキ文庫のための書き下ろし作品です。

時代小説文庫

う 9-3

日雇《ひやと》い浪人生活録《ろうにんせいかつろく》三 金《かね》の策《さく》謀《ぼう》

著者 上《うえ》田《だ》秀《ひで》人《と》

2017年5月18日第一刷発行

発行者 角川春樹

発行所 株式会社 角川春樹事務所

〒102-0074 東京都千代田区九段南2-1-30 イタリア文化会館

電話 03(3263)5247[編集] 03(3263)5881[営業]

印刷・製本 中央精版印刷株式会社

フォーマット・デザイン＆シンボルマーク 芦澤泰偉

ISBN978-4-7584-4087-5 C0193

http://www.kadokawaharuki.co.jp/[営業]

fanmail@kadokawaharuki.co.jp[編集] ご意見・ご感想をお寄せください。

上田秀人の本

金《かね》の価値

日雇い浪人生活録一

九代将軍・家重の治世。親の代からの浪人・諫山《いさやま》左馬介《さまのすけ》は、馴染みの棟梁の紹介で割のいい仕事にありついた。雇い主は江戸屈指の両替商・分銅屋仁左衛門。仕事を真面目にこなす左馬介を仁左衛門は高く評価するが、空店で不審な帳面を見つけて以降ふたりの周りは騒がしくなる。一方、若き田沼意次は亡き大御所・吉宗の遺言に頭を悩ませていた。「幕政の中心を米から金に移行せよ」。しかし、既存の制度を壊して造りなおす大改革は、武家からも札差からも猛反発必至。江戸の「金」に正面から挑む新シリーズ、堂々の第一弾！

上田秀人の本

金《かね》の諍《いさか》い

日雇い浪人生活録二

「幕政のすべてを米から金へ」変える大改革に挑むお側御用取次・田沼意次。金で動く世を拓《ひら》くためならと、意次に手を貸すこととなった浅草の両替商・分銅屋仁左衛門。しかし、早くもこの動きを察した江戸有数の札差・加賀屋は、利権渡すまじと根回しを始める。武士たちの首を押さえているも同然の加賀屋を向こうに回し、分銅屋が打つ手とは。金と利権をめぐる火花が散り、お庭番が暗躍するなか、分銅屋の用心棒として雇われた浪人者・左馬介も命を懸けて立ち向かうことになる。しかし、剣の腕はまだ頼りなく——。大好評シリーズ、第二巻。